エッセイ

ゆっくりとまったりと

野々山貞夫

目次

ゆっくりとまったりと

野々山貞夫

『ノッティングヒルの恋人』

昨日はビールを1リットル飲み、『ノッティングヒルの恋人』を再見した。二度目だが、とても面白かった。この映画はロードショーでも観たが、二度目のほうが味わい深い。冒頭のマーケットの果物、野菜、雑貨の場面からワクワクする。たくさん並んだ屋台が楽しい。街角の旅行の本ばかりのヒュー・グラントの書店も、昔ながらの感じでいいなと思う。初見のあとで、ノッティング・ヒル・ゲート駅界隈の街角紹介のテレビ番組があった。それを観たので土地勘があるような錯覚に落ちていった。いつか行ってみたいと思った。

それにしても、これに比べると最近の映画はかなり質が落ちている。この映画は、リチャード・カーティスの脚本がよい。ディテールを緻密につくる人だ。

ちょっとだけ悪口を書く。カーティスの脚本は、どれも洒落ているが、欠点はペダンチックなところと下ネタが多いところだ。もっとも、下ネタの方は、持ち味でもある。

前者はジェーン・オースティンやヘンリー・ジェームズなどの文芸映画の話題が衒学趣味だ。映画の中でも、ヒュー・グラントが読んでいる本がそうだった。ヘンリー・ジェームズは、後半になって、有名女優役のジュリア・ロバーツが撮影している映画の原作だから、おかしくはない。

後者の下ネタは、『ラブ・アクチュアリー』でもそうだが、B・ワイルダーのような艶笑ではない。やや泥臭い。ボクは、ソフィスティケーション・コメディのオシャレで都会的なお色気談義が大好きだ。でも、前者と後者は相殺しあっているから、それほど気にしないでよい。

いい場面もたくさんあるので、そちらを褒めたい。セレブな住宅の鉄柵を越えて二人で入り込んだベンチのある庭は、幻想的でロマンチックなシーンだが、実際にあって、コモン・ガーデンというのだそうだ。セレブな住民たちの憩いの場だという。受け売りだが、ホランド・パークの周辺らしい。この辺りには、マドンナも住んでいると聞いたことがあるが、真相はさだかでない。ヒュー・グラントが住んでいるところは、ラドブローク・グローブ駅の方にある庶民的なところだ。

主題歌の『She』は、バラードの名曲である。あらためてそう思った。何を今更なのだが、この映画のいくつかの部分は、CX（フジテレビ）の、玉の輿婚を夢見て合コンを繰り返すCAのドラマ『やまとなでしこ』にいくつか、そのまま使われている。まあ、旅行本屋が魚屋になった。あとは観ればわかるし、どちらも面白いから野暮は書かない。でも、西村雅彦さんが演じる医師がしばしば自宅で絶叫する「ここは、ドラマのオープンセットじゃないんだぞ」の場面については、小劇場からドラマの王道の月9にデビューされたオジサントリオのバトルのほうが、はるかに面白い。

追記。映画で誕生日パーティにホロホロ鳥料理が出たが、鳥料理が苦手なボクは、いまだ食したことがない。銀座のホロホロ鳥専門店の前は、何度となく、行き来したのだが、結局は行かなかった。

（2007・7）

喪失を描く作家、小川洋子さん

このところ、毎晩ＤＶＤばかりを観ている。

おととしに観た映画に、『博士の愛した数式』がある。原作者の小川洋子さんは、『冷めない紅茶』から読んではいたが、不吉な予感が漂う作風で、ボクにとっては、微妙なポジションの作家だった。エッセイなど読むと、恐れ多い感じの人だが、似非なりの江國香織さんほど好きにはなれなかった。でも、文体はスタイリッシュだ。彼女の癖のある世界が気にならなくなったのが、この原作のころからだ。

小泉堯史監督の作品は、『雨あがる』から観ている。端正な画面構成で、フィックス・ショット主体の正統派だ。この作品だとロケがよい。早春の樹木がきれいだ。黄色と白の花が、遠景でぼやけて見える。あの黄色いのはたぶん、サンシュユ、レンギョウ、ムレスズメだろうとか、白いのはアセビ、ユキヤナギかなあと低木が気になる。それが楽しい。空も澄んでいる。

物語作家を峻拒《しゅんきょ》する小川洋子さんだが、この作品だと、ストーリーテリングが素直に展開され、喪失と愛惜がうまい具合に配合され、暗くない。好みなら文句なしだが、客観的な基準で採点すると、年間ベストテンの圏外だろう。

博士の記憶が80分というのは、短期的記憶を長期記憶に移行できない失調を持つ『50回目のファーストキス』のドリュー・バリモアと同じである。採点が辛くなったのは、吉岡秀隆くんの回想から始まって、進行してゆくという展開が余計だからだ。その小細工で失敗している。博士の寺尾聰さん、シングルマザー家政婦の深津絵里さん、少年の√(ルート)くんだけで十分である。義姉の浅丘ルリ子さんの役回りは実は深い役柄だが、巧く描けていない。

エンディングの陽だまりのキャッチボールは、『フィールド・オブ・ドリームス』のようで、ほほえましいが、やっぱり、原作の方がいろんな意味での一幕だったと思う。

(2007・7)

やっぱり銀座が好き

銀座が好きである。

高校のころ、ラジオでは映画音楽の番組が多かった。番組の最後に、試写会招待の案内があった。応募葉書きを5枚くらい書けば、2枚は必ず当たった。会場は飯野ビルのイイノホールとか、銀座のガスホールが多かった。ヤマハホールもあった。

大学生のころになると、バイトのお金をつぎ込んで、日比谷の映画街のロードショーによく行った。神保町の洋書センターにも行ったし、晴海通りのイエナ書店にもよく行った。英語は、あまり得意ではなかったけれど……。

デートの待ち合わせは西五番街の喫茶店だった。相手が変わっても同じだ。もちろん、もてたわけではない。ふられた方だ。陽が傾き、ネオンが瞬く前のひと時、西五番街通りはひっそりとしていた。安いパブもあった。

近藤書店が消えて、跡地はChristian Diorだそうだ。ディオールと書きたいが、今は横文字で書く時代みたいだ。旭屋書店銀座店より近藤書店が好きだった。大きくないが、洒落ていた。エスカレーターもあった。あの場所からなくなると思ってなかったから、ショックだった。

銀座が銀座ではなくなっていく。TiffanyやHermesが、並木通り界隈に出現した時は、とても違和感があった。けれど、今の人は、そうでもないかもしれない。

物心つかないころから、銀座の月ヶ瀬や若松によく行った。ボク個人は、不二家の方に興味があったと思う。けれど、母も二十代で、まだ若かった。甘味処が好きだったのだろう。東京八重洲口の喫茶室の富士アイスも、おぼろにだが憶えている。

いつのころだろう。なぜか、将来は飯野ビルのようなところで、花屋をしてみたいと思った。飯野ビルという具体的な場所をイメージしたのは、試写会の会場だったからだろう。たぶん、高校生のころだ。飯野ビルと日比谷公園にあるフラワーショップが、合体したのかもしれない。父はバラつくりが好きだった。5月の連休には必ず咲かせた。

遠い日、すずらん通りを、芦田淳さんのワンピースを着た若い女性が颯爽と歩いていた。エレガントな着こなしだなあと思う。みゆき通りには、大橋歩さんの平凡パンチのイラストがよく似合う。

ミレニアムになってから、「和光」の灯がうるんだ寒い宵に、ル・カフェドトールそばの花屋で、ポインセチアを買った。昔、すぐそばに円筒形の交番があった。あっという間に時間は流れ、街は様変わりする。けれど、新規ビジネスの孵化には、たぶん銀座は似合わない。

（2007・8）

B・ワイルダーについて思うこと

才匠ビリー・ワイルダーの『深夜の告白』を観た。

ワイルダーはヒッチコック師匠と並んで、大のゴヒイキである。監督だけではなく、製作も脚本も書く名実ともに巨匠である。もっとも敬愛する人だ。

ビリー・ワイルダーには、大きく二つの作風がある。

1　急進的風刺作家　『サンセット大通り』や『地獄の英雄』など
2　都会派コメディ作家　『あなただけ今晩は』や『お熱いのがお好き』など
3　どちらともいえない　『情婦』や『翼よ！あれが巴里の灯だ』

ここで論じたいのは、1と2だ。個人的には2が、好きだった。過去形である。都会派コメディは洒落ていて、お色気もあって、スマートで、ユーモア会話満載で、ルビッチを継承した艶笑話芸が楽しい。映画の醍醐味はここに極まる、と思った。

1には、名作が多い。タッチは、冷徹を極めた救いのないものだ。刺すような視線の映画である。オーストリア出身のユダヤ系監督の群れない孤高を感じた。凄みのある傑作ぞろいだが、2の都会派コメディの都会的洗練の方が好きだった。

優れたワイルダー論として、中原弓彦（小林信彦）さんの「狼が子守唄を唄うとき」を挙げておく。これは思うに、中原弓彦さんの評論の極点だ。そこではアメリカ文明への毒と牙を持った作家像が描かれていた。だから、狼なのである。そして狼は時に、コメディという名を借りて、悪意に満ちた子守唄を唄う。その作品群が2であるとした。誤解のないように補足するが、中原弓彦さんは、「その牙が鋭いから、ワイルダーは偉い」と褒めているのである。

先日、ワイルダーの遺作『悲愁』を観た。じつはこれ、老後の楽しみとして残しておいたが、ついつい観てしまった。

『悲愁』は、『サンセット大通り』と似たシチュエーションだが、たしかに残酷な牙や毒とみることもできようが、本質はハリウッドへのレクイエムだと思った。脚本家がI・A・L・ダイアモンドとチャールズ・ブラケットの違いはあるが、『サンセット大通り』の酷薄にみえたエンディングも、実は同じだったのではないか。

執事で往年の名監督だったシュトロハイムが「スタート」と声をかけたのは、サイレント映画の夢の終わりを告げただけではない。オマージュの含意もあったと思う。そう考えたときから、ボクは変わった。やはりワイルダーの本筋は、1だと納得した。

ボクは1のワイルダーに、冷徹な視線ばかりを観なくなった。『サンセット大通り』は、映画人の悲劇や宿命を象徴的に描いたものだが、その生き様へのオマージュでもあった。今現在、中原弓彦説には否定的である。

『深夜の告白』は、ジェームズ・M・ケインの『殺人保険』（新潮文庫）が原作である。『倍額保険』といった方が通りがよいと思うが、悪女モノの傑作中篇である。脚本はワイルダーとレイモンド・チャンドラーが書いている。

映画のつくりは原作に沿ったものだが、倒叙ミステリ（inverted mystery）にしたことと結末が違っている。結末の違いは当時の映画事情によるそうだ。ネタバレになるので書かない。クライマックスの犯行のシークエンスのサスペンス醸成は巧みで、ショッカーのようでもある。後年の『パパ大好き』のフレッド・マクマレーと、『私は殺される』のバーバラ・スタンウィックが演じていると思うと、妙な気分になるが、あくまでも、この映画が先である。

男と女の関係が、当時からすれば、かなり陰湿な感じで描かれている。脱線するが、ローレンス・カスダンの『白いドレスの女』には、この映画の影響が色濃い。とにかく暑苦しく、ねっとりした濃厚さではカスダンが上である。カスダンのタッチは、『夜の大捜査線』のような異様な夜の熱気を帯びた、しかも男と女の絡みだから、猛暑日には観ない方がよい。チャンドラーが脚本に絡んだからか、フレッド・マクマレーのセリフが少し、キザっぽい。また、マクマレーの独白がエンエンと続く。ワイルダー作品らしく、いつものように、小道具のマッチが効いている。ラストは、上質な小説のしまいの一行のようである。この映画は文句なしの傑作である。

昔、『Raymond Chandler Speaking』の訳本を買ったが、なくしてしまった。J・M・ケインの小説やヒッチコック師匠の悪口を読んだような記憶がある。

（2007・8）

衛藤瀋吉先生を偲んで

衛藤瀋吉先生がお亡くなりになられた。享年、84歳。

ボクにとって、先生は太陽のような存在だった。それは、十代だった頃から、五十代の今日に至るまで変わっていない。太陽と書いたが、北斗七星のようでもあり、月のようでもあった。憧れのすべてだった。

衛藤先生もお名前を知ったのは、鈴江言一について書かれた文章からだ。「日本人の中国観―鈴江言一をめぐって」というタイトルだった。このテーマは、岩波書店の『思想』、そして『世界』へと書き継がれた。

ボクの父は元南満洲鉄道株式会社（通称満鉄）に勤務していた。父は終生、中国が大好きだったので、その影響もあった。先生の文章はなんとも胸苦しくなるような、心を打つものだった。詳しい内容は、東京大学退官の年に、衛藤瀋吉・許淑真著『鈴江言一伝』（東京大学出版会）として、本格的な本にまとめられた。

もう一つ、忘れられないのが、福田歓一先生との「日本の安全保障力をどう高めるか」をめぐる対談である。筑摩書房の雑誌『展望』であったと記憶している。ナショナル・セキュリティーは、ふつう安全保障と訳すが、衛藤先生は安全保障力という表現を使われた。このことは対談でも、福田先生が指摘していた。

この論文で、衛藤先生は、第1回吉野作造賞を受賞された。この論文と「安全保障力と国際政治の法則」という論文は、対で読むのがふさわしいように思う。先生のお考えがパノラマ的に展望できるような気がするからである。もちろん、研究者衛藤瀋吉の全容はとてつもなく巨大な山脈であり、とても2作の小論に収斂するものではない。

しかし、これらの論文では、小林直樹、坂本義和、福田歓一、石橋正嗣から、村松剛、源田実など、当時の左右を代表する論客の主張に謙虚に耳を傾けながら、日本は武力に頼らない総合的な安全保障力を高めるべきであり、国際紛争には「非介入の論理」を貫くべきであるという姿勢が一貫して主張されていた。それでもどうしようもない有事には、魂のチカラを強調された。

冷徹な現実主義者衛藤瀋吉の面目躍如だが、先生は冷血漢とは対極にあるお人柄だった。コーヒーとピーナッツがあれば、学問や理想主義については飽きることなく議論するのが、ことのほかお好きだった。

心のそこでは、「これからはかくあるべきである」とおっしゃりたい側の陣営におられた。しかし、国際関係論と日中関係史の研究者のお立場では、人智の及ぶ限り、科学的でありたいとのお考えだった。価値自由を目途とされていた。

国際関係を冷徹に分析するリアリストとして紹介するのなら、次のエピソードが具体的であると思う。

1972年2月に、ニクソン訪中があった。そして、米中共同コミュニケが発表された。NHKは、臨時ニュースで、「アメリカは台湾から撤退する」と発表した。NHKの磯村尚徳外信部長（当時）が共同声明の解説を行った。その少しあとの民放の生番組で、中国問題専門家のお立場から、衛藤瀋吉先生は次のように話された。

「アメリカは、台湾海峡をはさむ二つの国が、中国は一つであると主張していることを理解している。アメリカは究極的には台湾から撤兵するだろう」と分析された。「究極的には台湾から撤兵するだろう」と「台湾からの撤兵」は、明らかに違う。この分析は、当時の雑誌『自由』で精緻な整理がなされ、発表された。そこでは、共同コミュニケの表現形式での、中国外交の優勢についても分析されており、まことに微妙な部分が読み解かれ、明示された。

当時の論壇では、『自由』と先の『世界』は、両極端である。中間に、『中央公論』があり、保守色を強めたのが『文藝春秋』だった。より保守色が強かったのが、オピニオン誌の『諸君』だ。衛藤先生は、昭和40年代前半は、『中央公論』や毎日新聞社、40年代後半から『文藝春秋』、『諸君』の執筆が増えていった。当時、中国について辛いことを書くと、保守、右傾化とする傾向が顕著であった。衛藤先生のお考えには些かのブレもないのだが、それも時流の変化というものなのだろう。しかし、衛藤先生は中国報道の偏向にも容赦なく、立ち向かった。衛藤先生は阿諛《あゆ》迎合を峻拒するのが、見識であるとされた。

同じ年の9月に、田中訪中が実現した。田中内閣成立後、わずか3カ月後のことである。当時、台湾入口論と出口論があった。すなわち、日華平和条約を廃棄してから中国との国交正常化のテーブルに着くべきというのが入口論であり、それは国交正常化がなされてから考えればよいことだというのが、後者の出口論である。もちろん、中国は入口論を国交正常化の大原則だと主張していた。

衛藤先生は一貫して、後者だった。台湾への配慮はもちろんのこと、ASEAN諸国との信頼関係も勘案された上での総合的な判断からだった。田中訪中でマスメディアが狂騒であったころ、先生は「大国におもねらず小国を侮らず」という時評を書かれ、『文藝春秋』に掲載された。その後は、亜細亜大学の学長、東洋英和女学院の院長など、私立大学の改革に尽力された。訃報の記事のほとんどは、その功績をたたえるものだった。

衛藤先生ご自身は、大学経営を専らとされたことを悔やまれていた。やはり、学問に費やされるべき大切な時間が失われたように思う。

先生は広島で被爆された。『朝まで生テレビ』に一度だけ出られたときに、「僕は広島で被爆したのですよ」と口にされた。高野孟なる評論家が、「先生、あまりそのようなことは口にされないほうが」とたしなめた。実際、程度の低い評論家には閉口する。戦争や核の恐怖へのイマジネーションを欠いた浅薄な発言である。普段は、トリビアルなことに差別だと大騒ぎするのに、肝心要のことになると、これでは困る。

東京大学教授というエスタブリッシュメントの只中で、進歩的知識人の道を全うするのは存外、簡単なことではないだろうか。丸山真男のような思想の天才なら、それがプラスに作用している。だが、ごく一般には毒にも薬にもならない紙くずのようなペーパーしか残らないのではなかろうか。

衛藤先生は、自衛隊の海外派兵には断固、反対のお立場を貫かれた。イラクは初めから反対をされた。中国や朝鮮半島の人から、「謝罪しろ、謝罪しろと際限なく言われれば、それは腹も立つでしょう」。それでも、やはり「何度でも日本は間違っていたと言うべきだ」と説かれた。往時の日本共産党から、「ブルジョワ・ナショナリスト衛藤」と面罵された先生は、北京大学客座教授を務めている。お父上は、かなり保守的だったが、瀋陽の図書館長であり、そこから瀋吉の瀋となった。先生は真の日中の友好について、一生を通じて説かれたと、ボクは思っている。

先生の輝かしい学問的所産は全集10巻（東方書店）に残された。教養部の講義録『近代東アジア国際関係史』（東京大学出版会）も楽しく勉強できるように工夫されている。考えてみると、先生はご自身で謙遜しておっしゃられるようなエゴイスティックな研究者ではなかった。今、凄みを帯びた研究姿勢と無限のやさしさを、懐かしく思い出している。久我山のご自宅に向かい、合掌。

（２００７・12）

うれしくてさみしい『人生の扉』を聴いた日

ＮＨＫの『ＳＯＮＧＳ』を観て、すこしだけ思うところがあった。

竹内まりやさんのアルバム『Denim』は、ボクの中では、もはや伝説の名盤である。まあ、名曲ばかりだから、若い人にも、是非聴いて貰いたい。

だが、この曲が人生の応援歌とする説には、異議がある。元来、あまり人生を語るような歌は好みじゃない。たとえば、『マイ・ウェイ』や『昴』など不得手である。というより、嫌いだ。人生というと、みな、カラフルで、ドラマチックな内容の詞を綴る。これも趣味ではない。

ボクが思うに、『人生の扉』にはモノトーンの秩序があり、定型詩の美しさがあった。じんわりと心に沁みる落ち着いた曲だ。テレビに流れた映像では、ワンコーラスめは、クレーンを使って、屋外からカメラは旋回しながら、八ヶ岳高原音楽堂内へと突入する大仕掛けのズームインから始まる。

残念だが、カットが割られ、竹内まりやさんの歌っている撮影は、音楽堂内からだった。ここまで凝ったのなら、ヒッチコック師匠のようにワンテイクで勝負して欲しかった。だが、ツーコーラスめは、見事だった。八ヶ岳連峰の稜線を背景に満開のさくらが絢爛と咲く。黄色い菜の花畑を、デニムの彼女が歩いている。花を見上げたり、さくら並木を歩く後姿だったり、映画のシーンのようだ。I say it's sad to get weakのところでは、年代ものの老樹だった。

この詞だが、定型詩の美しさは英語の部分が顕著である。I say You say And they say But I……を繰り返す。わたしはこう言う、あなたはこう言う、また彼らはこう言う、でも私は…という逆説めいたつくり方だった。But I……が使われるのは、人生の大きな節目となる年齢で、50代と90代である。

But I feel it's nice to be 50　　But I'll maybe live over 90
また、最後の決め所もそうだ。But I still believe it's worth living 「でもわたしは、

生きていることには価値があると信じる」（拙訳）。訳の拙さは見逃していただくよりないが、ボーカリストとしては、確実に進化していると思う。

竹内まりやさんにはデビュー当時から、好感を持った。そっけないような歌い方の『SEPTEMBER』は新鮮だった。伊東ゆかりさんに似た、さわやかなアルトが際立つ『不思議なピーチパイ』だと、キラキラした素敵なキブンになった。『駅』では、雑踏の中の孤独を感じ、黄昏の風景の中で、キブンは鬱屈した。

テレビでは、この3曲が、2000年の武道館のライブ映像で流れた。ライブ映像は、ビビッドだった。いくつになってもブリリアントな彼女の魅力が動きの中で、鮮やかに映し出された。おずおずと手を振る姿が、なんだか初々しい。

だが、本格的なファンを自認するほどになったのは、やっぱり『Denim』からだ。昨年の5月だった。PV（プロモーション・ビデオ）を何回も繰り返し聴いて、アルバムを買った。そして『Bon Appetit!』（2001）まで遡及した。続く、『Longtime Favorites』（2003）では、60年代オールデイズ・ポップスをバックグランドにしていることも知った。略歴の一端だが、竹内まりやさんは出雲大社そばの老舗旅館で生まれ、高校在学中にアメリカ・イリノイ州に1年交換留学したそうだ。

『Denim』というアルバムは、五十路を過ぎた竹内まりやさんの「青い鳥」を描いた作品だとボクは思っている。「青い鳥」の童話は、ボクの理解では、魔法使いのおばあさんが、幸せの青い鳥は遠いところにあるのではなく、すぐそばにあるけれど、なかなか気がつかないのだとチルチルとミチルに教えた物語である。

『Denim』には、ライナーノーツがない。それはアルバムに収められた12の歌が、私小説といった趣を持っているためだ。いわば解説文は蛇足であり、われわれが感じたままでいて欲しいと彼女が願ったからだろう。歌詞の前に、序文が書かれている。「このアルバムの12の歌の中に、どれかきっと、皆さんの今の気分に合うデニムが見つかることを願っています」と、序文は結ばれている。

カバー曲の『君住む街角』から、ラストの『人生の扉』までの配列には、自明だが、意味があるに違いない。ボクの仮説「青い鳥」論は、2曲目の『スロー・ラブ』の歌詞からの連想である。

「Slow down 立ち止まってみて　君が探している大切なものは

Slow love　あまりに近くて　見えないだけの青い鳥かもね」

序文が書かれた歌詞カードには、彼女のスナップ写真が数多く収録されている。どれも伝統的で、見事な瓦屋根の日本建築の室内だ。すべて同じ場所だった。たぶん、彼女の実家の老舗旅館「竹野屋」だと思う。出雲大社まで、徒歩1分だと旅館のＨＰに書いてあった。

スナップ写真では、2階の縁側の手すりに足を乗せたり、畳に足を投げ出したり、行儀はよくないが随分、リラックスした普段の自分が露出している。くつろいでいるなあ、という感じだ。はっきり書くと、マキシスカートは彼女には似合わないのだが、大ファンのボクには妙に艶かしく、セクシーである。

『君住む街角』は、ぜんぶ英語で歌っているが、気になったのはここである。

「For there's nowhere else on earth that I would rather be
Let the time go by, I won't care if I
Can be here on the street where you live」

彼女の対訳が載せられている。
「だって　世界中のどんな場所よりも　私はここにいたいから
　あなたの住むこの通りに　いつまでもずっとこうしていたいの」

　ははあ、彼女はやっぱり、「青い鳥」を書いたのだと思う。実家に帰り、極めて個人的な歌詞を綴り、志してやめた英語を訳し、また英語の詞も書き、だんな様へのラブレターまでヌケヌケと書いた。山下達郎さんは、幸せものである。人生の応援歌という言葉には、潤いや味わいがない。彼女の吟味した言葉だと、「風合い」に欠ける。

真っ白な桜の花を見て、来年もこの人と見たいなあと思う。

　他方で、ひょっとしたら、もう見れないかもしれないという微かな不安もなくはない。

「人は皆生まれ来た　瞬間からもうすでに　この海へ還ること　決められているけど」(『返信』)

「みんなひとりぼっち　それを知るからなお　あなたの大事さがわかるよ」(『みん

なひとり』）

結局、信じられない速さで時は過ぎ去ってゆき、人はみな、満開の桜をこの先いったい何度、見ることになるだろうと考える。来年はひょっとしたらと思うから、人生は美しく輝く。来年もまた、この人と一緒に見たいなあ、というのには希望がある。いろいろな可能性があり、期待にたがわない一つが叶ったら、とてもロマンチックである。いつかは途切れるのだが、それゆえ、素敵なトキメキがある。だから、メーテル・リンクの戯曲の青い鳥は、さあっと飛び立ち、どこかへ飛んでいく。

人生は応援する類のものではない。いつもワクワク、ハラハラ、そしてドキドキするものなのだ。たぶんそれ以上でも、それ以下でもない。

今回、新曲の『うれしくてさみしい日（Your Wedding Day）』のＰＶも流れた。このへアメイクはどうだったのだろう。まっ、いっか。

小淵沢の教会での、彼女のピアノの弾き語りを初めて見た。窓の外は落葉した木立だ。

「あなたと共に過ごした　思い出を今かみしめてる」

「笑顔絶やさずにいてね　パパと私がそうだったように」

「花嫁の母」の立場からの詞である。当たり前だが、彼女も母親であった。しんみりするより、そうなんだと思った。これは、できれば披露宴では聴きたくない。私的なところが、ふさわしい。

五十路も案外ナイスなのである。本当に、そう思っている。

（2008・4）

トキワ荘のその後

今はそれほどでもないが、ドラマチックな物語が好きだった。

人生山あり谷ありの波瀾の生涯は、傍で見る分には興味深い。やがて年を重ね、よそ様でも波瀾は、すこし疲れると思うようになった。だから、最近はほとんど読まない。

長谷邦夫さんの『漫画に愛を叫んだ男たち』は、まさに波瀾万丈のノンフィクション・ノベルといってよい。この作品は赤塚不二夫さんへのオマージュであり、酷薄な視線によって、一人の天才の栄光と悲惨を描いた作品でもある。マンガ家は、比較的容易にデビューできるが、持続が困難な世界だ。

ボク自身も、少しの間だが、垣間見た。マンガ媒体は、知的労働集約的な色彩が強い。それは活字媒体にも言えることだが、それとは比較にならないくらい劣悪で、過酷な労働環境である。そのことは、優れた編集者が少ないことに起因しているようにも思う。幸いなことに、赤塚不二夫さんも石森章太郎さんも、優れた編集者に恵まれ、そして支えられた。この物語は、映画『アマデウス』同様に、サリエリ的な視点で描かれている。

映画では、アマデウス・モーツァルトを追い詰めるサリエリだった。しかし、レクイエムの作曲協力をしているうちに、お互いが天才音楽家ゆえに、アマデウス・モーツァルトの才能に魅了され、のめり込む話だ。アマデウス・モーツァルトが赤塚不二夫さんであり、サリエリが長谷邦夫さんだ。見方を変えると、モーツァルトが石森章太郎さんであり、サリエリが赤塚不二夫さんでもある。手塚治虫さんをマンガ作家の頂点とするなら、石森章太郎さんでもサリエリになるかもしれない。マンガ文化は、こうした才能の主従の再帰的入れ子構造を包摂している。

本作は、浮き沈みするマンガ家たちの狂騒の日々を容赦なく描き切っている。著者の赤塚さんへの友情はたとえようもないくらい優しく、美しい。マンガへの無限の愛が鮮烈なまでにたぎっている。

マンガへの愛と友情が縦糸なら、横糸に栄光と挫折、夢と破滅がある。赤塚さんには、限りなく陽性を装う内面の翳りがあった。というより、赤塚さんのアルコール依存は「鬱」の隠蔽にあったと、長谷さんは指摘している。たぶん、それはあまりに鋭敏な神経ゆえのことだ。繊細でなければ天才たりえないが、他方で、マンガ文化のバーバリズムの中で、繊細な神経はズタズタに切り裂かれ、良心を貫いて筆を折った作家（寺田ヒロオ）もいた。だが筆を折った後も、マンガへの愛惜ゆえに、アルコール依存症となる。寺田さんの衰弱死は、一片の感傷もなく綴られた。

こうした夢と破滅の物語は、昔、体力が有り余っていたころによく読んだ。たとえば、バッド・シュールバーグの『何がサミイを走らせるのか？』（小泉喜美子訳）や、『夢やぶられて』（野崎孝訳）の落ちぶれた作家（たぶん、スコット・フィッツジェラルド）の酒浸りの悲惨を思い出す。残酷な描き方だが、確かな描写があった。

太陽があれば、月がある。赤塚不二夫さんが太陽なら、長谷邦夫さんは月である。藤子・F・不二雄さんが太陽なら、藤子不二雄Ⓐさんが月だ。別な世界だと、中原誠さんが太陽なら、芹沢博文さんは月であり、黒澤明さんが太陽なら、谷口千吉さんは月だった。しばしば、月の方が知的であり、筆が立ったりするから、サリエリ的視線の物語がたくさん生まれる。

この物語にはボクたちがよく知っている作家が実名で、数多く登場する。酷いエピソードも少なくない。暴露本に堕さなかったのは、著者の憂愁や哀惜が本物だったからだ。それにつけても、赤塚さんとの訣別の著者の決断が遅い。それは、長谷さんの作家性の緩慢な自死のようにも映る。赤塚さんへの友情ゆえのことだろうが、余りに遅く、痛ましい。

（２００８・５）

『センセイの鞄』雑感

テレビ映画の『センセイの鞄』を観た。久世光彦さんの秀作である。「ああ、食った、食った。飲んだ、飲んだ」という映画だ。と同様に、四季の彩りを背景に、30と少し離れた年の差カップルの恋愛ドラマでもある。ゴキゲンな出来だ。

撮影期間は22日だそうだ。秋、暮れからお正月、桜、夏、秋が描かれている。セットと実写との映像の違いなどはあからさまだが、まあ、お堅いことは抜きでいい。近来稀にみる、爽やかな情感が揺曳している。

実は、この原作の川上弘美さんの同名小説の半分ほど読み進んだところで、自らまいた種だが、怪我をして外科手術をする羽目になった。怪我は完治したが、以来、験《げん》をかついで、小説は読み止しのままだ。朧な記憶では、川上弘美さんの得意分野を総動員して出来上がった小説だったような印象がある。

秋の宵、豊田行きの中央線が走り、大町ツキコ役の小泉今日子さんが国立駅前を歩くのが開巻である。小泉今日子さんのナレーションが挿入され、回想シーンになる。居酒屋（季節料理屋）でたまさかセンセイと再会した時、大町ツキコは37歳、センセイの柄本明さんは70歳という設定だ。それからの二人の、2年と少しの心の交流が、映画のすべてといってよい。

タイトルの『センセイの鞄』だが、どうして「センセイ」にしたのだろうと考えた。再会した時に、松本春綱という名前が思い出せなくて、先生と呼んだのがきっかけだった。それなら、どうしてカタカナの先生として、表記したのだろう。ボクは、ツキコがセンセイ、センセイと何度も連呼するため、色のつきにくい記号のようなカタカナ表現にしたのだと思った。ツキコという表記も同様である。二人はいつも、「センセイ」、「ツキコさん」と呼び合う。「先生」と「月子さん」では鬱陶しいではないか。だから、作者の川上さんの工夫だと考えた。

だが、テレビ映画を観ていたら、気が変わった。もしかしたら、折り目正しく、一応敬愛の念を抱かれていた時代の教師像としてのシンボリックな表現が「センセイ」

なのかなと考え直した。川上さんも数年間だが、教師をされた。今だったら、女性たちから殴られそうな「女の子のくせに……」とか、「女のくせに手酌ですか」というセリフがよく似合う松本春綱先生である。また、その物言いが嫌味ではないご老体だ。実際、映画では全て、手酌である。センセイのところから出奔した元妻の墓参りをした日間賀島《ひまか》の宿で、蛸しゃぶを食すときに、センセイがツキコに2回、お酌してあげるだけだ。

この映画の小泉今日子さんは実に魅力的だ。厚手タートルネックのセーターとデニム、そしてロングマフラーの普段着がよく似合っていた。酉の市で、歩きつかれ、喉が渇く。

「我慢します。夕方にビールを飲みますから、それまでは何も口にしません」

センセイはそんなツキコに「よくできました」と答え、頭を撫でる。ツキコが童心に返った一瞬である。コイズミ、存在感があります。小泉今日子さんとて、年齢相応にそれなりにふけているが、ナチュラルで、そこがいい。前髪パッンで、ふくれたり、三白眼だったり、ポカンと口を開いて放心したり、咥えタバコだったり、酔眼朦朧であったり、盃からお酒をすすったり、いろいろな表情を見せてくれた。演技はお世辞にも上手いとは言えないが、身体的動作が自然だ。駆けたり、体を揺らしたりする。この演出は相米慎二監督の十八番だったが、久世監督も真似たのかもしれない。センセイの柄本明さんも、さすがである。ツキコとの静かな交流の中で、池に投げた小石の波紋が徐々に広がっていくように、華やいでゆく気持ちを抑制の効いた演技で見せてくれる。

好きなシーンはいくつもあるが、2つだけ書く。紅葉の季節にキノコ狩りに行って、キノコ鍋をみんなでつつく。センセイが、出奔した元妻が笑茸を食した話をする。センセイが元妻の話をすると、ツキコはいたたまれなくなって、ぱっくれる。強がりのツキコは、昔のように一人で買い物に行き、一人でお酒を飲んだ。すこし前までは、いつだって、一人だった。季節は暮れになった。友達を呼んで寄せ鍋を囲むが、孤独だ。

お正月になり、実家の母の湯豆腐を食べる。けれど、どうも話は弾まない。一人暮らしの部屋に戻り、センセイと再会した行きつけの居酒屋に行くが、正月休みで閉まっている。ツキコは咥えタバコで、所在無くリンゴをむく。アパートの近所をほっつき歩く。夜だ。空き缶を蹴る。『銀座カンカン娘』を歌いながら、夜道を一人歩く。そして思った。歩き慣れた道なのに、迷子になったと……。このシーンはせつない気分をうまく描いている。偶然、再会した名前も思い出せなかったセンセイが好きになっていた。知らず知らずのうちにセンセイと、同じ道を歩き始めた自分を見つけたシーンだ。

もう一つなら、これにしておく。センセイの元妻は波乱に満ちた生涯だった。彼女のお墓のある日間賀島にセンセイと旅をする。島から帰ってから、センセイとツキコはすれ違いになる。カラオケで『銀座カンカン娘』をまた歌う。『The Stardust Memory』のノリだが、元来、小泉今日子さんは歌が上手くないが、わざと下手に歌っている。かなり酔っ払っている。酔っぱらっているのが悲しいと、はじめて思う。センセイと長く逢わなければ、感情も立枯れさせることが出来ると思った。だが違った。今まで、一人で結構楽しく生きてきたはずなのに、本当に、一人で楽しく生きてきたのだろうかと、来し方を疑ってみるシーンだ。人生にはぐれた「恋する女」になった場面だ。

ボクが綴るとなんだか通俗だが、妻に出奔された過去のある70歳の老人と、37歳の一人暮らしの女性のビターな物語だ。都会派コメディ仕立てだが、別れの日がそう遠くない先にくる恋愛である。こんなやりとりがある。

「ツキコさん、ワタクシはいったいあと、どのくらい生きられるでしょう」

「ずっと、ずっとです」

「そうも、いきませんでしょう」


ただ、この映画には希望がある。大嫌いな難病ものの対極にある。かくて、恋愛を前提としたおつきあいは3年間続き、幕を閉じる。ツキコがセンセイのからっぽの鞄の中をのぞいて、大泣きするところで終わるエンディングもよい。

この映画はヒッチコック師匠やワイルダー先生のように、小道具の使い方が実に上手い。汽車土瓶、新聞紙、湯豆腐（トーフだけのと、鱈や春菊など入るのもある）、キノコ、卸金、鮎、雷、ヒグラシ、コオロギ、Tシャツ、そして鞄である。このほとんどは原作のアイデアだと思うが、映画で活きるかどうかは、演出家の腕である。

特別出演の品数を列記しよう。まぐろ納豆、蓮根のきんぴら、塩らっきょう、やつがしらの白和え、さらし鯨の酢味噌和え、（辛い）柿の種、シメジのホイル焼き、キノコ鍋、寄せ鍋、湯豆腐、イカの白造り、鮎の塩焼き、蛸しゃぶ、枝豆、スーパードライ、北の誉れ、澤乃井など。

一体、ボクはどんなふうに生きてきたのだっけと反省すると同時に、ああ、3軒も4軒もはしごして、美味い酒肴をたらふく食いたいと、つくづく思う次第でありました。


（2008・5）

彼女はカルピス

映画はＤＶＤのおかげで、毎晩といってよいくらい観ている。

一昨日はジョゼッペ・トルナトーレの近作の『題名のない子守唄』を観た。その日の精神状態にもよるのだろうが、お先真っ暗な暗澹たる内容だった。初期作品の『教授と呼ばれた男』に先祖がえりしたようだ。良質な作品なのだろうが、ボクは修業僧のような気分で観た。ドスンという感じで、深く落ち込んだ。

その反動もあって、続けて馬場康夫監督の『メッセンジャー』を再見した。こちらは、お気楽な作品で、恋あり、自転車便が猛スピードで疾走するので、お口直しにうってつけだ。多少おバカっぽいが、やっぱり自宅で見る映画は爽快感があった方がよい。都会的コメディで、90年代の若大将ものみたいだった。

けれど、思わぬ伏兵が現れた。草彅剛クンがビールをグビグビとラッパ飲みしているではないか。それも5回も6回も繰り返す。誤算だった。ボクは来週の健康診断まで、断酒だった。で、どうしたか。「男は、黙ってヱビスビールを飲まない」のであった。

江國香織さんのエッセイ集から「ワンピースとカルピス」だけ、拾い読みをしてみた。ボクには、母の作った水玉模様のワンピースはどうでもよいが、水玉模様のカルピスは懐かしい。カルピスといっても、ボクの世代は、カルピスウォーターではない。昔のカルピスである。「初恋の味」だ。白地に紺の水玉模様の包装紙は、甘酸っぱいカルピスの味にはピッタリだった。お中元には、カルピスの時代だ。非モテ一直線のボクでも、初恋の想い出くらいはある。彼女はカルピスで、ボクはリボンシトロンを飲んだ。シトロンはレモン風味だが、レモンではない。酸味がきつくて、生食できないらしい。

当時のロゴマークは分かり易かった。輪が3つのミツワ石鹸とか、月のマークの花王石鹸もあった。カルピスは、パナマ帽の黒人だった。どれもいたって、シンプルだ。月のマークは、三日月で、顎がしゃくれていた。今、自宅には、泡洗顔、薬用、ボディー用のプッシュ式ソープ（今や、石鹸とはあまり言わない）があるけど、あまり関心がない。やはり、石鹸は四角いのがよい。いかにも石鹸という感じである。頭を洗うのも、石鹸だった。だから、頭髪は比較的早い時期から、危ない状態になったのかもしれない。

お風呂は大好きだが、熱い湯にドボンとつかり、浴槽からザバッとお湯があふれ出るのが、入浴の醍醐味だと思う。

（２００８・６）

インドリンゴはどこへ行った

昨夕、だいぶ過ごし易くなったので、仕事部屋から徒歩でスーパーへ行った。果物コーナーで、1本、100円のバナナを買う。これだと傷まない。ついでにリンゴも買ったけど、フジしかない。おいおい、王林も、ジョナゴールドもないのか。せめて、サンつがる位は、おいて欲しい。実は、さわやかな甘さがあるので、フジで十分、満足している。しかし、紅玉、国光、少し高級バージョンで、インドリンゴ、デリシャスの時代が懐かしい。たまに紅玉に邂逅するのは、焼きリンゴを作るためだろうか。フム、よくわからない。

そして、インドリンゴは出生不明のまま、忘却のかなたへと姿を消した。インド産ではなく、インディアナ州産とする説もまた、疑わしいと聞く。消息筋からの情報ではないので、間違っているかもしれない。

大体、「リンゴを食べると歯茎から血が出ませんか」という頃から、妙なことになった。リンゴ、モモ、ナシなど皮を剥かないで、ガブっと丸かじりするのが、ボク的には、あたりまえだった。栄養価も高い。モモの場合は、皮の歯ざわりがブニュッとして、些か不気味な感触ではあった。水洗いなんてしなかった。一応、ボクは今もピンピンしているから、当時は大丈夫だったのだろう。女子のお弁当だと、耳がピョンと立ったリンゴウサギ（ウサギリンゴ？）が、よく入っていた。男子だと、古い時代の人間だから、やはり飾り切りリンゴは気恥ずかしかった。

ボクはいまのところできないのだが、切れ目なく、するすると上手にリンゴの皮を剥けたら、さぞ気持ちがよいだろう。訓練すれば、すぐできそうだが、たぶん、しない。では、いま硬めのナシなどを皮剥かないで、ガブっと丸齧りしたら、どうなるだろう。たぶん、歯茎は、血みどろの惨劇状態になるのではないか。そう思うと、悲しい。

今の気分では、アツアツ焼きリンゴが食べたい。

（２００８・８）

ヘチマの花

ご近所の庭だが、百日紅が思いっきり枝をあちこちに垂らし、紫の花が咲いていた。大きな木ではないから、感じ入って、じぃーっと見入ってしまった。毎日暑く、太陽光線がその庭の空気をゆらゆらさせているみたいだ。百日紅が健気に見えた。

枝というか、つるをあちこちに伸ばすのなら、ヘチマがある。ボクは、夏のこの季節に可憐な黄色い花をつけるヘチマ棚が好きだ。ヘチマにはある種、友情に近い感情すら抱いていた。友情が大仰なら、憎からず思っていた。秋になって、周りがいそがしくなっても、長い緑の実をブラリと下げ、われ関せずと、のどかにゆらりとしている。少し、不謹慎な感じがよい。テンションも低い。

だけど、ヘチマには、どうして悪口雑言ばかり投げつけられるのか。「へなちょこの、ヘチマ野郎」とか、「だまらっしゃい、ヘチマ野郎」などである。「でもも、ヘチマもねえ」という捨てゼリフもあった。

風もないのにブラブラがいけないのだろうか。調べてみたら、「世の中はなんのへちまと思えども　ぶらりとしては暮らされもせず」というのがあった。一休狂歌問答だそうだ。ヘチマ野郎は、「ぶらぶらしてなんの役にも立たない男をののしっていう語」だそうだ。（デジタル大辞泉）

まさに偏見である。言い掛かりだ。ヘチマは完熟した実が朽ちて、すじだけになって「ヘチマたわし」となる。入浴の垢すり、薬用（咳止め）、化粧水など、健康への貢献度も実に高い。ヘチマ棚の緑陰も、暑さしのぎに一役買っている。今や、「ナーベーラー」と呼ばれる時代である。ボクは子供のころ、お婆ちゃん子だった。祖母の田舎で、ヘチマ料理を食べたことがある。薬膳だったのかもしれない。どんな味だったか記憶にない。

「たんたん狸」でもないのに、風もないのにブラブラが、好ましくないのだろうか。今夜は、大林宣彦監督の『さびしんぼう』のＤＶＤでも観て、すこし考えよう。

（２００８・８）

NYには、いつか行ってみたい

もう40年近く昔の話になる。ボクが大学の1年生だったころだ。

教科書がハロルド・ラスキの『政治学入門』（だったと思う）の講義の時だった。19世紀のイギリスの政治学や社会思想史などのしかつめらしい講義一色の学部を選んで、後悔ばかりしていた。初老の教授（といっても、まだ50歳前後だったかもしれない）が、映画の『哀愁』の話をした。1時間以上、その話だった。テムズ川にかかる「ウォータールー橋」へ行き、ヴィヴィアン・リーのバレリーナのバレエ宿舎まで探したと話した。教授は、それほどこの映画を好きだったのだ。なんか微笑ましく思った。

『哀愁』は理屈抜きの甘いメロドロマである。ただ、完成度では、今でもこれを超えるメロドラマをボクは知らない。この時のヴィヴィアン・リーは繊細で可憐で、しかもセクシーでもあった。双葉先生をして、「彼女ほど、その面影をわが胸に宿せしひとはない」とまで、書かれた。辛い批評ばかりを書いていた時代だから、画期的なことだ。

ボクも、映画は数だけは観ている。けれど、行ってみたい場所が思い浮かぶ映画は、思いつかない。とりあえず、比較的最近で、興味深かったのは『ユー・ガット・メール』である。NYのアッパーウェストサイドの秋、冬、春の風物が楽しかった。街路樹の緑や落葉が美しい。ホットドッグ店(GRAY'S PAPAYA)に、「We're talking」なんて看板があった。青空市場(ストリート・マーケット)では、果物、野菜、マフィン、パイ、ブレッド、花などが並んでいる。メグ・ライアンがスズランの花束を買い、トム・ハンクスがおごるシーンがあった。

何といっても、『ユー・ガット・メール』だと、リバーサイドパークのエンディングだ。細長の公園をメグが歩いてゆくと、「The 91st Garden」の表示がある。この花壇に色とりどりの花が咲いている。白、青、赤、黄なんでも咲いていた。「I wanted it to be you」の決めセリフがあったあとが、気持ちよい。

ボクは、ハンクスが　散歩に連れてくるゴールデン・レトリーバーのワンちゃんが気に入っている。このワンちゃんがメグとキスするハンクスの服の裾をくわえてひっぱる。このシーンはゴキゲンである。『オーバー・ザ・レインボー』が流れ、カメラはクレーンでどんどん上ってゆき、大きな青空が画面いっぱいに広がる。メグの街角の小さな童話の本屋にも興味津津だが、ここでは割愛する。

ＮＹには、一度、行ってみたい。

（２００８・８）

杉浦日向子さんのこと

杉浦日向子さんの『風流江戸雀』の文庫本をパラパラと繰った。

さりげなく季節が描かれていて、今まで気がつかなかった己がマヌケさを嘆く。厳選された古川柳の季節に合わせて正月、如月、弥生…とショート・マンガが描かれるのだから、当たり前なのである。たとえば、神無月では江戸の職人らしき主人公は子供をつれて、紅葉見物に向かう。主人公は紅葉を楽しみ、仲間のみんなと、吉原あたりへ遊びに繰り出す予定だった。江戸近郊の紅葉の名所、正燈寺でみんなと集合する。正燈寺から日本堤に向かい、鷺神社を過ぎると、花の吉原である。

主人公は、仲間から子供を押し付けられたことを、揶揄される。「ナニ、茶屋のおばさんにでも頼むさ」と些か、父親の自覚に欠けるお気楽な主人公である。だが、散り敷いたイチョウの落ち葉から、ギンナンを無邪気に拾い集める子供を見ていると、さすがに子供をほうり、遊ぶ気にはなれない。結局、紅葉を見るだけで、帰ることにする。吉原に繰り出す仲間も、「ナニ、お酉様のときに又、声掛けるよ」と無理に、誘わないで別れる。たったそれだけの人情話だが、なんとも穏やかな、人生のいつくしみに満ちた日常である。

『江戸へようこそ』、『風流江戸雀』の杉浦日向子さんをリアルタイムで知っている。樫山文枝さんが演じた『おはなはん』の女学生のように髪を丸髷風に結い上げ、和服姿の彼女を写真で見た。京橋の呉服屋さんのお嬢さんだから、着物姿はそりゃあ、よく似合う。知性的な女性だった。杉浦さんはその後、突然、マンガ家を引退する。ボクは亡くなった後で、血液の免疫系の難病が原因だと知った。当時は、もったいないことするなぁ、といった感じで受け止めた。

それから、彼女は隠居と称し、美味い酒、美味いソバ、美味い酒肴などについて、短文を書いた。『ソバ屋で憩う』などである。『隠居の日向ぼっこ』は、しっかりとした時代考証を踏まえ、江戸時代から昭和の暮らしにかかわる道具について、蘊蓄を傾けた。おそらく週刊誌で読んだのだと思う。夜は8時か9時に就寝。夜中の2時頃に起き、酒肴を作り、日本酒を飲むと書いてあった。そして昼間の混雑を過ぎたお昼の2時を過ぎたころ、ソバ屋に行き、日本酒を2合ほど、飲む。ソバ屋は真っ昼間から、酒を飲むのが唯一、許された場所だと思う。それもビールではなく、日本酒である。

ソバ屋の酒というのは、大人でしか味わえない愉悦がある。遅い昼時に、町を歩いていて酒が飲みたくなった時は、寿司屋ではなくソバ屋に限る。酒なら寿司屋より、辛口で美味いと思う。酒肴は限定的だが、玉子焼、板わさ、鴨焼き、ソバ味噌、少しの天ぷらなど、渋好みの温かい品もある。当時、アルコール依存症気味だったボクは、杉浦さんに勇気づけられたものである。こう書くと、彼女の本意とは違うだろう。

ソバ屋で飲み、ザルかセイロを食す。そして分葱、七味を入れソバ湯を飲む。杉浦さんの本か記事のどこかで、天ぷらソバを食べ残す記述があった気がする。それを読んだ時に、ああ、この人はソバの味を極めるというより、ソバ屋の雰囲気が好きなのだなぁと思った。踏み込んで書くと、杉浦さんは美味しい酒肴で、日本酒を飲みたかったのである。あの時、鳥の影のような不吉なものを感じた。杉浦さんは、開高健さん、池波正太郎さんといったような健啖家ではない。

亡くなる2年前に、難病そのものは緩解しつつあったが、下咽頭ガンが発見された。最後の作品『ごくらくちんみ』には、ちんみの数々が紹介してあるが、これはエッセイではなく、1300字の掌編小説集である。「きんつば」で一杯というのがあった。これは、ボクも試したことがある。存外、美味だ。

『板わさ』という作品では、午後4時のソバ屋に、亡き夫の友人のお葬式帰りの未亡人と義弟の二人が熱燗でカマボコを食す場面がある。義弟が言う。

「義姉さんは、もっと将来のこと考えなきゃだめだよ」

「ありがとう。でも、将来のことより、今の暮らしの方が、わたしには大切なの」

と、取り合わない。

杉浦さんはきっと、江戸時代を生きたかったのだと思う。夜8時にはもう、漆黒の闇が広がり、宵越しの年金も金利の心配もない。長夜の独酌、昼下がりの酒の風雅にひたり、血液の難病に抗し、江戸の空気を小粋に駆け抜けた。とはいえ、やはり心が痛む。

江戸時代の平均寿命は20歳から50歳くらいまでだそうだ。それにしても、ずいぶん巾がある。だとすれば、46歳の逝去は短い人生ではなかったのかもしれない。合掌。してみると、ボクなど、賞味期限切れもよいところである。佳人薄命とは、よくいったものだ。逝去の半年前、ガンの再手術後、杉浦さんは南太平洋クルーズに一人、旅立つ。女性のハードボイルドもかっこいい。

（2008・9）

ザ・タイガースの『Long Good-bye』を聴いて

「さようならを言うのは、少しだけ死ぬことだ」という気障だが、スタイリッシュなセリフは、R・チャンドラー『長いお別れ』の一節である。少しだけ死ぬつもりが、37年間、死ぬことになり、今も死んだふり続行中なのが、性格俳優の岸部一徳さんだ。

GSのザ・タイガースのファンだった。グループ名が、ザ・タイガースというのは独特だ。かぶと虫、蜘蛛、転石だって、横文字にすると、なんだかカッコよい。けれど、ザ・タイガースという名はどうも、パッとしない。マジメにつけたのだろうか。誰がどう考えたって、野球か、動物園のトラである。まあ、ジャガーズという名もあったが、自動車なら高級でカッコよいし、動物もワイルドで、俊敏な響きがある。ザ・ライオンズという名のGSもあるらしいけれど、これもヘンだ。野球か、ビアホール、あるいはマンションのイメージが先行してしまう。

過日、NHKの『SONGS・PART2』を見た。沢田研二さんの応援で、森本太郎さん、そして岸部一徳さんもゲスト出演していた。たぶん、沢田さんの東京ドームでの還暦コンサートの景気づけもあって、沢田研二さんのライブがあちこちである。

ボクはGSの世代である。ザ・タイガースには、深い思い入れがある。理由は二つだ。一つめは、橋本淳さんの作詞が好きだったことだ。もう一つは、ザ・タイガースのストーンズのカバーがなかなか、よかったからだ。沢田研二さんの『Time is on My Side』や岸部一徳さんの『Tell Me』は、今でも印象に残っている。

『SONGS・PART2』で、『Long Good-bye』という曲を聴く。岸部一徳・沢田研二さんの作詞で、森本太郎さんが作曲した。1・2番の作詞が岸部一徳さん、3番が沢田研二さんだそうだ。沢田研二さんの歌唱である。この歌は、37年前のある出来事まで遡及する。

ある出来事とは、1971年1月のこと。ザ・タイガース解散の年、日劇ウェスタン・カーニバル初日の前日、奈落でDsの瞳みのるさんが岸部さんに話したことに遡る。瞳みのるさんは岸部さんに「京都に一緒に帰ろう」、そして「一緒に帰らないなら、一生会わない」と言ったという。それが最後になった。

瞳みのるさんは芸能界を引退して、やがて有名大学附属の高校教員になり、今日にいたる。岸部さんと瞳さんは中学時代からの友人で、一番、仲良しだったという。冒頭に掲げたチャンドラーの『長いお別れ』を意識した『Long Good-bye』は、今の岸部さんの心境を綴っている。曲は森本さんの『青い鳥』同様に、シンプルだが、嫌みのない曲だ。歌詞は、3番の沢田さんが書いた部分がつくり的には達者である。3番ということもあり、まとめ上げたという感も否めない。

終わりのフレーズの「一度　酒でも飲まないか」というのは、ホンネだろうが、いかにもお手軽であり、興を削ぐ。まるで南こうせつさんの「たまには酒でも飲もうや」（喜多條忠作詞『妹』）のようで、ダサイ。岸部さんの書いた部分は私信そのものであり、公私混同も甚だしい究極のメッセージ・ソングともいえる。

技術的には生硬であり、つたなくセンチメンタルである。だが、その分、胸に訴えかけてくる何かがある。引用しておく。

「こんなに長い別れになるなんて　あの時は思わなかった　（略）
一緒に帰ろうって　言われたけど　僕にはどこへ帰るのか　わからなかった
きみはたぶん、友達に戻ろうって言ったんだね
ほんとうに　ほんとうに楽しくて　いつも　いつも一緒にいた
永遠に今が　続いていくと思っていた　あの頃に」

彼ら2人が冒頭の「さよなら」を言ったかどうか、知らない。ただ瞳さんについては、岸部さんの中で、37年前から時計は止まったままだ。週刊文春の阿川佐和子さんとの対談の記事で読んだ。他人事を詮索しても詮無いことだが、瞳みのるさんは、優柔不断な反応しかできない岸部さんにしびれをきらしたのかもしれない。

ボクにも似たような別れがあった。だが、その先輩は鮮やかな瞬間の連続の中を颯爽と駆け抜け、才能のピークにたどり着く前に夭折した。

37年の間に、岸部さんだけでなく、瞳さんにもなにがしか去来するものがあったろ

う。また、仮に、再会しても、あのときの思いはもちろん、再現されないだろう。男も還暦のころになると、短く美しく燃えた青春の1コマが鮮やかに蘇る。若さゆえの愚行もとても貴重なことのように思う。そして絶対に返せっこない借りがやけに、気になったりする。

さて、このメッセージ・ソングはbe overなのか、それともfinishなのだろうか。前者なら、もはやとっくに終わったことで、済んでしまったことだ。もしも後者なら、意図的には完了はしているけれど、いくばくかの未練の余地がなくもない。

『Long Good-bye』の歌詞を聴いていて、ボクはある小説の書き出しを思い出していた。気になった歌詞の部分を抜き書きしておく。

「ほんとうに　ほんとうに楽しくて　いつも　いつも一緒にいた
永遠に今が　続いていくと思っていた　あの頃に」

ある小説の書き出しはこうだ。

「あのころはいつもお祭りだった。家を出て通りを横切れば、もう夢中になれたし、何もかも美しくて」（チェーザレ・パヴェーゼ『美しい夏』、河島英昭訳）というイタリア文学だ。『美しい夏』は、書き出しこそ美しいが、からい青春小説だった。

よそ事ながら、最晩年が近づいたころに、もし許しあえたなら、その時「美しい夏だったね」と、言えればよいなと思った。

（２００８・９）

追記。周知のように、これには、後日談がある。彼らは再会、和解し、コンサートまで行った。

秋の日、かく語りき

「じゃんけんぽん！」

ち、よ、こ、れ、い、と……という遊びを、放課後にした。秋の夕暮れの通学路には、誰もいない。いつもなら、男子は鬼ごっこか缶蹴りをして、女子は石蹴りをして走っていた。みんな、習い事教室にでも、行ったのか。小学校の校舎の大きな影がいつまでも、どこまでも追いかけてくるようだ。

遠い昔のチョコレートにまつわる想い出がある。ボクはミルクが嫌いだ。だから、ミルク・ティーも飲めない。けれど、チョコレートは、大好きだった。ハーシーズの黒いパッケージの板チョコや、明治のハイミルク・チョコレートの赤いパッケージの板チョコがとりわけ、好物だった。ハーシーズのキスチョコは銀紙に、一個、一個が包まれていた。甘いけれど、ほろ苦かった。

妙と言えば、妙なことがある。ハーシーズが大好きだったのに、ネットで調べたら、一番乳臭いと書いてあった。明治のハイミルク・チョコが好きだったのだから、すべてはミルク嫌いに由来するという自己診断も、あまり当てにならない。古い記憶を手繰ってゆくと、牛乳はもちろん、フルーツ牛乳も、コーヒー牛乳も、飲めなかった。ホット・コーヒー用の小容器に小分けされたミルクだって、入れたら飲めない。けれど、アイスクリームは好物だった。チョコが刺さった不二家のペコちゃんサンデーも、食べたことがある。

きしめんの汁には、トラピストバターのカケラを二つ落とした。黄色の固形が温かい汁に溶けてゆく。この食べ方は父から教わった。結局、乳製品は固形物ならOKで、液体がNGということのようだ。やっぱり、人工栄養で育ったことが、何らかの影響を及ぼしているのかもしれない。だったら、ホット・チョコレートも液体だから、ダメだろう。ホット・チョコレートを固形化すれば大丈夫だろうが、間違っているかもしれないが、チョコレートに戻るだけではないか。

やがて、ハードボイルドにあこがれ、酒を飲み、自然とチョコレートとは、縁遠くなり、無縁となった。

けれど、怪我の入院で、酒を控えてから随分と軟弱になった。いや、先祖帰りした。まるで、太宰治からルックスのよさと才能を取り去ったようになった。つまり、くだらない男になった。今のところ、酒からチョコに戻る気配はない。

ボクは空中ブランコのスウィングのように、極端から極端に走るタイプだが、やっぱり、男はタフでありたい。都会の夜の雑踏を、心に傷を負った一匹狼のように無鉄砲に生きたい。だって、「人生はゴーヤのように、苦いものだから」だ。

（2008・10）

丹精を込めたミョーガ

今朝から冷たい雨が落ちている。紅葉した花ミズキはもう落葉したが、コブシ、ボダイジュ、エノキの紅葉は、まだそれほど目立たない。落葉もまだ先だが、地味な紅葉の風情も一興である。雨に濡れた山モミジの赤い葉が、優雅に揺れる。この季節になると、ボクは荻窪の社宅を思いだす。

古びた裏木戸があり、かぶるように柿の木があった。逆三角錐の渋柿がなり、祖母が干し柿にしたのを食べた。裏木戸から、ご用聞きの人がよく出入りしていた。物置小屋があり、柿の木からも、マサキの生垣の外の電信柱からでも、物置の屋根に簡単に飛び移れた。裏口から中庭に出る途中にはヤツデが繁り、使っていない井戸があった。水枯れはしていない。夏にスイカを冷やしたことがあるが、底が深く、引き上げるのが大変だった。

中庭には大きな松の木が主木としてあり、近くに梅の老樹があったが、朽ちていた。中庭に面して、濡れ縁があり、そこに座って水密桃を食べていた。小春日和の陽ざしが、斑になって落ちていた。蜂が羽音を立てて過ぎて行ったと思ったら、わざわざ戻ってきて、しっかりと刺された。初体験だった。とても痛かったのを、昨日のことのように覚えている。

隣家との境界は少し日陰になっていて、ミョーガが群生していた。実はここで、いつも立ち小便をしていた。四畳半の祖母の隠居部屋があり、死角になるので、どこからも見つからなかった。このミョーガが掘り出され、食卓のお吸いものとして並んだ時は、驚いた。素知らぬ顔で、味わった。

中庭のもう一方の隣側は、竹林だった。竹林から玄関に抜けることができたが、通路の枝折戸が壊れていた。とても広そうだが、事実、小さかったボクには広く感じたが、百坪くらいだ。じめじめした土には、グミやツバキ、そしてツワブキのような下草がたくさん生えていた。グミはそのまま、とって食べた。ヤモリ、トカゲ、雨蛙、ガマ蛙、青大将などいっぱいいた。ミミズ、ダンゴムシもいた。ダンゴムシは、触るとまるまって小さなダンゴのようになった。ニョロニョロ系、くねくね系、ブキミ系、愛嬌系など、さまざまである。

中庭の竹林に近い方に、瀟洒な応接間があった。ある明け方に、ものすごい音がしたと思ったら、天井のシャンデリヤが落ちて粉々になっていた。応接間の前庭は父が、バラ園に作り変えてしまった。ダリアやヒマワリなど、情熱的な洋花も植えられた。父は烈々たる生き方の人だった。

さて、事の顚末はというと、ミョーガは幸い、現在も大好物である。食卓に並ぶたびに、立ち小便した荻窪の一群れのミョーガを懐かしく思い出す。半世紀の歳月が流れたが、母には、未だ内緒である。

（２００８・11）

『うちのママは世界一』

『うちのママは世界一』というアメリカのテレビドラマがあった。もう60年前になる。赤いお椀のマークの調味料会社の提供で、TBSで放映された。ハートウォーミングなコメディ調のホームドラマだった。小学校に入ったばかりのボクは、アメリカン・テイストに魅了され、アメリカって凄いと憧れた。

まず巨大な冷蔵庫に圧倒された。冷蔵庫の牛乳瓶もあきれるほどでかい。ボクは牛乳が苦手だが、飲めたところで、あんなにたくさんの牛乳はとても飲みきれないなと思った。だからアメリカには住めないだろうと、子供心に考えていた。アメリカに無縁なのは、現実となった。アメリカ映画ばかりを観ているのに、不思議だ。

キッチンにはトースターやオーブンなど、見知らぬ電化製品が溢れていた。グローブ手袋にもたまげた。芝生の広い前庭があり、ガレージには乗用車があった。話は全く覚えていない。ドナ・リードのママがとても美しかった。ただ、クレジットタイトルだけは、鮮明に記憶しているつもりだ。だが、あまりあてにはならない。朝、1階の電話が鳴り、2階からドナ・リードが階段を下りてきて、電話に出る。背広姿のご主人に電話を変わり、バタバタと子供とご主人を送り出す、といったふうだった。

このころのドラマは、『パパは何でも知っている』とか、明るいアメリカン・ヒューマニズムが満ち溢れていた。だから、小学校でも、パパ、ママの呼び方がけっこう普通だった。少なくとも、杉並区荻窪のボクが通った小学校ではそうだった。

しつけが厳しく、お上品な家庭だと、お父様、お母様などというのもあった。ボクの家では、お父さん、お母さんだが、パパママ派と半々だった。大好きな『ジョニー・エンジェル』が、劇中歌らしい。気づかなかった。誰かのブログで知り、調べたらその通りだった。長女のシェリー・フェブレーが高校の卒業パーティで歌っていた。シェリー・フェブレーの歌は、お世辞にも上手いとは言えない。下手くそだが、清潔な感じがよい。ダーレン・ラブとザ・ブロッサムズがバックコーラスだそうだ。贅沢である。

日本では、当時、森山加代子さんと伊東ゆかりさんが歌っていた。どちらも、シェリー・フェブレーより歌は上手だ。森山加代子さんはアップテンポで歌っている。特徴は男性コーラスだということだ。少し、癖のあるハスキーな声である。これが、彼女の魅力でもあった。伊東ゆかりさんの方は、当たり前だが声が若い。アレンジはオリジナルに近い。低く、爽やかで甘い。

「You're an Angel to me
　こんなに　あなたが　好きなのに　ちっともわかってくれないの」

という『悲しき片想い』と同じような詞だった。

比較的最近では、竹内まりやさんが歌っているが、こちらはすべて、英語である。アレンジは、オリジナルや伊東ゆかりさんに近い。ボクは、若き日の伊東ゆかりさんの歌が一番好きだ。

（２００９・１）

放課後の帰り道

ボクのような世代をアラ還と言うらしい。

嵐寛寿郎さんの愛称のアラカンではなく、アラ還はアラウンド還暦だそうだ。だから！　今年の春に定年退職をしますという年賀状が、随分届いた。ボクより2年先輩は、みんな還暦なのだ。

アラウンド還暦は事実なのだから、しかと受容せねばならない。けれどアラ還というのは、あまり美しい響きではない。別の表現はないものだろうか。落日や黄昏だと、もっとさみしい。放課後というのはどうだろう。人生の放課後の時間帯という意味だ。個人的には、なんか、納得である。

6時間めの授業が終わった解放感は、楽しさもひとしおだった。お昼休みや授業中の休み時間は、いつもざわついていて、落ち着かなかった。放課後は、ほっと一息ついて、ぼーっとして、ぐだぐだとしていた。まあ、放課後に体育館の裏で、彼女の告白を聞くことなど、あるわけもなかった。また、机に頬杖をついて、窓から校庭を眺めるタイプでもない。学校の塀の外壁の小高いヘリの上を走るのが、得意だった記憶はある。

放課後は早春の気持ちにも似ている。とりわけ、13歳になる早春は特別だった。モクレンが咲き、コブシが咲く。ああ、この季節が過ぎると、通学区域の違うなかよしの友だちとは離《はな》れ離《ばな》れになるのだなと思った。その感傷めいたものと中学に進学する期待が入り混じった気持ちが忘れられない。最近になって、よく思い出すのは、オレンジ色の夕日が射すあたたかい早春の帰り道である。よく晴れていて、ふりかえると、校舎が遠くなっていた。

放課後の帰り道は、どうしてあんなに楽しかったのだろう。「結局、ボクたちはいつのまにか、マクドナルドの前にいた」という世代とは、だいぶ離れている。世代的には不連続と言ってよい。ただ、肩から夕日の匂いが、背中から放課後の匂いはしたかもしれない。そう思うと、世代を超えた普遍性があるのかもしれない。お店もなにもないのに、他愛なくブラブラと道草をする。今思うと、心ときめくピクニックだった。仲良しの友だちと、いつも一緒にいた。とうとう実現しなかったけれど、心ひそかに好きだった女子と一度くらいは、話しながら帰ってみたかった。

しょうもない話ばかりしていたから、具体的なことはなにも思い出せない。映画の『スタンド・バイ・ミー』の、軍事オタクのメガネの子とひょうきんな太っちょの子のような話はよくした。

「スーパーマンとマイティマウスはどっちが強いか知ってるかい」

「うーん、マイティマウスかなあ」

「バカだな、お前。マイティマウスはアニメだぞ。スーパーマンは本物の人間じゃないか」

「そっかあ」

こんなおバカな話はよくしていた。遠い昔の過ぎし早春の想い出が、今や消えそうな気配を感じている。残念だけど、時を経て、青春のシッポが少しずつ切り落とされて行く。

今年の早春はコブシの花影を踏もう。時間の無駄遣いということの贅沢が懐かしく、いとおしい。映画のように、あの12歳の早春のときのような友だちは、それから二度と持てなかった。

（2009・1）

銀ブラ

新聞の首相動静の欄を見ると、15時53分、和光本館で買い物と書いてある。和光のウィンドーの前にぼーっと立ち、ゆっくりと暮れていく空とネオンとの不思議な調和を眺めていると、幸福な気持ちになると、江國香織さんは書いていた。なんだか、納得である。ボクにとって、服部時計台（和光）は銀座のランドマークである。

遠い昔のことだ。春浅き宵だった。母に連れられたボクは、数寄屋橋の交差点あたりから、暮れてゆく銀座の街の佇まいをぼんやりと眺めていた。不二越ビルの森永の地球儀のネオンや、鳩居堂のヒトデ型のネオンが、お伽噺の世界のように瞬いていた。いつのころだったろう。たぶん、ボクが小学生になる前である。地球儀やヒトデ型のネオンは、もう、はるか昔に無くなった。

銀座が懐かしいのは、次の3つからだ。（1）幼いころ、母親に連れられデパートに行き、美味しいものを食べ、(2)十代から二十代は、友達と喫茶店で待ち合わせして、映画を見て、本屋に行き、パブやバーでウイスキーを飲み、(3)三十代以降は、季節料理屋で日本酒を飲むために、入り組んだ裏道を歩いた。すべて銀ブラである。

銀座と言うと、たとえば鳩居堂、ワシントン靴店、山野楽器、トラヤ帽子店、資生堂パーラー、バーLupin、養清堂画廊などをイメージする人も多いだろう。ボクはすっかり地方人になってしまったので、東京に行っても、銀座は今や通過点でしかない。待ち合わせの場所ではなくなり、ぶらりと出掛ける場所でもなくなった。それでも、ふいに思い浮かぶ光景がある。他に思いだす場所がたくさんあるのに、なぜか次の三つである。

一つめは、何度も食べた、粟ぜんざいである。ぜんざいのなかに、本当に美しい黄色の粟の微細な粒粒が混じる。なにかしら楽しく、優しい夢を秘めているように思われた。あの時の粟ぜんざいのおいしさは、もう二度と味わえないだろう。

二つめは、地下鉄丸ノ内線の銀座駅の改札口(C1の出口側)を出たところの地下の本屋である。ちょうどニュートーキョーから泰明小学校の真下あたりに当たるところに、長い通路があった。通路の壁際に書棚のコーナーが、いくつも散在していた。結構、古いハヤカワのポケット・ミステリなどが買えた。

三つめは、先の森永の地球儀や鳩居堂のヒトデ型、そして三愛の三菱のスリーダイヤのネオンである。電飾広告がボクの夢の砦を彩った。

三つの記憶はセピア色になったけれど、時として、闇の中の虹のように思い出す。

栗ぜんざい屋さんは、月ヶ瀬（コックドール）の裏手の露地にあったが、今は銀座コアビルの1Fにあるようだ。場所は変わってないと思うが、まだ行っていない。

二つめのウナギの寝床のような本屋は、なくなって久しい。三つめの鳩居堂の屋上からヒトデ型ネオンが消えたのは、さらに昔だ。森永に地球儀のネオンがあった場所は、今のアルマーニの銀座タワーあたりである。

ボクが20歳になったころに、銀座では歩行者天国が始まった。今はどうなっただろう。舗道に、パラソルのついたテーブルとチェアが置かれ、歩行者天国には、恋人たちの言葉の波がさ迷い、漂った。

外堀通りの銀座東芝ビルの旭屋書店が店を閉じたと聞く。イエナ書店がとうの昔に消えて、近藤書店が消え、旭屋書店も消えた。さみしいと思うが、それも時代の流れである。

（２００９・１）

絵描きの恩人

大学の1年の夏、吉祥寺にある成蹊大学でサッカーをした後、水道水をガブ飲みをして体調を崩した。胃潰瘍と診断されて、週に2回はブドウ糖の太い注射をした。みんながお昼に、洋食店でミックスフライやカツカレーを食べるのに、一人で学食へ行き、菓子パン2個と熱いお茶を飲んだ。

そんな暮らしを半年続けたけれど、いっこうによくならない。本当に、毎日が憂鬱だった。どうせ治らないのだからと居直って、自棄のヤンパチでタバコ吸って、コーヒーをガバガバ飲んで、滅茶苦茶をしたら、あら不思議、治った。そんな体調だから、体育会系のサークルは、すぐにやめた。ミステリや映画の同好会に入り浸り、勉強などまったくしなかった。

大学の2年生の時に、教養課程のゼミを履修した。というより、必修だったのかもしれない。象徴主義（サンボリスム）の研究ゼミだ。ヴェルレーヌとか、ランボーなどを原文で読むゼミだ。フランス語は高校のとき、第2外国語があり、3年間、週に2回、フランス語を勉強したはずだった。授業の回数だけなら、かなりになる。けれど、アイ・アム・ア・ボーイをフランス語で言えといわれても、なにも浮かばない。

ゼミにはたまに顔を出し、それもいつも遅刻して行ったけど、センセイも教育には関心がなくて、叱られたことなどなかった。10人くらいのゼミで、女性が一人いた。彼女は皇室ゆかりの大学の短大を一年で辞めて、フランス語で大学受験をしたらしい。怜悧《れいり》な面差しで、大人っぽくて、洗練されていた。会話をすると、ボクに対して、「あなたは」という言い方をした。その頃は、先輩の女性でも後輩をクンづけではなく、誰とかサンといった時代だった。

けれど、なになにサンではなく、「あなたは」というのは、大人っぽくて、やはり、衝撃的だった。彼女はトリュフォーが、ヒッチコック師匠に会見した『Hitchcock/Truffaut』（英語版）を読んでいて、ボクに読むかと薦めてくれた。クロード・シャブロルの方がトリュフォーよりも、ヒッチコック師匠をよく分かっているとも言っていた。読めと言われても、原書じゃ、当時のボクの学力では無理だった。「ムリムリ」と答えた。彼女は絵を描いていると言ったが、映画も、ものすごく詳しかった。

ジャック・ペラン主演のイモ映画があった。ずっと時を経て、ジャック・ペランは『ニュー・シネマ・パラダイス』のトトの晩年を演じた二枚目俳優だ。「ジャック・ペランの『未青年』の監督は誰だっけ」と聞いたのを憶えている。「それは、ピエール・グラニエ＝ドフェール」とすぐに、答えがかえってきた。

「それは」というのも、口癖だった。丸谷才一の『笹まくら』や庄野潤三の知らない本も読んでいた。それもなんだか格調高そうな小説だった。こういう人の恋人はどういう人だろう。きっと、ものすごい大人の人だろうなと思った。

電停近くのソバ屋で、お昼を食べていたときに、『ジュニア・ボナー』を見に行きたいと言う。夏休みに近い頃ではなかったか。スティーブ・マックイーンのファンだったのかもしれない。あるいは、監督のサム・ペキンパーの方かもしれない。連れだって出掛けた。『ジュニア・ボナー』のことは、あまり思い出せない。今でも憶えているのは、京橋フイルムセンターや兼松江商の前を通って、ブリヂストン美術館経由で映画に行ったことだ。兼松江商を記憶しているのは、めじるしという意味ではない。父親の勤務先の会社が倒産し、その本社ビルが兼松江商に変わったからだ。悲しい気持ちで元本社ビルを見上げていると、彼女は不思議そうだった。

ボクが4年生になるときに、西荻窪の駅で、彼女の講義ノートを全部もらった。あの講義ノートがなかったら、間違いなく4年間で卒業できなかった。彼女は大学時代の恩人である。ごくたまにモディリアーニの絵を見たりすると、彼女を思い出す。そして思う。「元気にしてるかな。今も絵を描いているのかな」と。

（2009・3）

正しいインスタント・ラーメンの作り方

突然、インスタント・ラーメンが食べたくなる。

トンコツや生ラーメンや喜多方や荻窪ラーメンではない。世界初といわれた、昔ながらのあの袋入りインスタント・ラーメンである。現在の改良されたインスタント・ラーメンの、間が抜けた味付け麺ではない。あれは邪道だ。

デビュー当時の元祖ジャンク・フードだったインスタント・ラーメンが理想である。インスタント・ラーメンは、もともと、濃い味付け油揚げ麺で、ラーメンどんぶりに麺を入れ、沸騰したお湯を注ぐ。フタをかぶせて3分間待つか、そのままオヤツでポリポリと齧るものだった。粉末スープ付きのインスタント・ラーメンやカップ麺とは、全くの別物である。濃くて、しょっぱく、いかにも体に悪い感じがあり、それが分かっていて、それでいて体が欲して病みつきになる。日本がまだまだ貧しかった頃だ。

フタをとると、えも言われぬウッとむせかえるような発酵した匂いが立ち上る。それがよい。そして食すと、やっぱり、いつも通り、少し下品な味がする。この少し下品な味こそ、類まれなる味わいであり、下品とは、たいへんな褒め言葉である。

今のインスタント・ラーメンでは、遠い昔のインスタント・ラーメンと代替するべくもない。だが、昔のインスタント・ラーメンはもう手に入らない以上、市販されているインスタント・ラーメンで作るしかない。ボク流の正しい作り方は、まず出来上がったインスタント・ラーメンに、これでもかというくらいの薬味を入れる。要は、ラーメンどんぶりに、青ネギの築山《つきやま》を作る。

鍋で煮るのは邪道であり、あくまでも熱湯をかけて、3分待つのが由緒正しい正統派だ。仕上げは、テーブルコショーを持ち、すっくと立ち上がり、真っ向唐竹割りの要領で、メーンと一刀両断するように、3度ばかり、力を込めて打ち下ろす。気合の入った味になる。

ズズズッと汁を飲む。生きる喜び、ここに極まれりだ。

（2009・3）

ボクはミルクが嫌いだ

イギリスに憧れていた。

ミステリも映画も、イギリスものが一番好きだった。ミステリなら、渋いところで、ピーター・ディキンスンやエドマンド・クリスピンが、好きだった。映画でも、バルコン・タッチのドキュメンタリー手法が好きだ。シドニー・ギリアット監督の冒険映画『絶壁の彼方に』やアレクサンダー・マッケンドリック監督の『マダムと泥棒』なども、好みだった。考えてみれば、ヒッチコック大先生もイギリス人だし、ディクスン・カーは大のイギリス贔屓だった。

サッカーはやっぱり、マンチェスター・ユナイテッドだ。ジョージ・ベストもカッコよかったけれど、「金髪の小悪魔」のデニス・ローに憧れた。音楽だったら、そりゃあ、ビートルズもストーンズもサイコーだが、デイヴ・クラーク・ファイヴが好きだった。『ビコーズ』である。やっぱり、イギリスは凄い。

ただ、イギリス人は少々気難しく、小うるさいようだ。ボクは長傘をいつも持っているが、雨が降っても、傘を差さないでも平気だ。バーバリーのトレンチコートを着て、雨に濡れるのも粋なものだ。片面トーストはむしろ歓迎だし、晩飯が多少、美味くなくてもかまわない。鱈のフライ（フィッシュ・アンド・チップス）は好物だし、飽きない味だ。スコッチ・ウイスキーは甘みの後の仄かな苦みがツボだし、日曜になれば、庭でバラの手入れなど、率先垂範でする。冬になって映画『ホリデイ』のように雪が降れば、暖炉の灯りでパトリシア・モイーズの旧作でも読もう。

コーヒーなど飲まなくても、レモン・ティーがあれば文句ない。いかん、ミルク・ティーがあった。ボクは、ミルクが飲めない。『１９８４』で、まさに現代を予言したジョージ・オーウェル先生に、『一杯のおいしい紅茶』というエッセイがある。

一に、紅茶はインド産かセイロン（スリランカ）産であるべし。

二に、紅茶はミルクで飲むべし。

三に、紅茶に砂糖は入れてはならぬ。

オーウェルの紅茶愛飲の3原則だ。一と三なら、さもありなんで済む。

一は、国産紅茶より、リプトン紅茶がおいしい。サー・トーマス・リプトンは偉かった。子供の頃は、めったに飲めないティー・バッグだった。三も、紅茶は渋いものだから、砂糖を入れるなというのも、なんか納得だ。日本茶にも砂糖など、入れない。

問題は二番だ。ミルクの入った午後の紅茶じゃないと、ダメだそうだ。なぜか？ レモン・ティーは、レモンが紅茶の高貴な香りを消し、うつくしい水色を消すのだそうだ。だったら、何も入らない若草の匂いのストレートなら、いいではないか。

秋が闌《た》けて、きりりと冴えたストレートに、キュウリのサンドイッチもおいしい。キュウリは畑でもいで、丸かじりした世代だ。スコーンも詳しくはないが、好物だ。けれど、どうしても、ミルク・ティーでないと、ダメなようだ。先に書いたように、ボクはミルクが嫌いだ。どうしても、飲むことができない。

30歳になるかならないかの頃に、ロンドン駐在を打診されたことがある。だが、それは志願しても行けなかったかもしれない。その10年後に、軽井沢のスイスの山小屋風の木造のホテルに泊まった。赤い郵便ポストがホテルの脇にあった。ジブリのアニメで、草軽ホテルの名で登場したところだ。ジョン・レノンゆかりのティールームのメニューに、ロイヤル・ミルクティーがあった。けれど頼まなかった。ミルク嫌いが恨めしく、本当に悲しかった。斜面の樹間越しに別荘が見え隠れする通りを散歩していたら、カラマツ林から黄色い落ち葉が小雨のように降った。ああ、ボクはイギリスに行くことはないのだなあ、とそのときに思った。

デイヴ・クラーク・ファイヴの『ビコーズ』のイントロのオルガンを聴くたびに、イギリス駐在を断念した時の悲しみが蘇ってくる。けれど、『ビコーズ』は名曲だと、今もそう思う。

（2009・4）

＊アレクサンダー・マッケンドリック　アメリカ人の映画監督だが、『マダムと泥棒』は、マイケル・バルコン製作のイギリス人俳優によるイギリス映画である。

ハンサムな女の子

80年代の初め、クリスティ・マクニコルはティーンのトップアイドルだった。他にも、ジョディ・フォスター、テイタム・オニール、ブルック・シールズ、ソフィー・マルソー、ダイアン・レインなどがいた。ふつうにメジャーだったのは、最初のお二人だろう。

双葉十三郎先生はボクがヒッチコック先生の次に尊敬する人で、最後の映画批評家だ。その双葉先生は、クリスティ・マクニコルとダイアン・レインがゴヒイキだった。双葉先生は当時でも70歳を超えてられたけど、感覚が若々しく、スクリーン誌の『ぼくの採点表』はいつも、立ち読みしていた。

双葉先生は今も、ご健在だ。双葉先生、永遠なれである。双葉先生がボクと同じ若いアイドルが好きなのが、とってもうれしかった。でも、クリスティの映画のＤＶＤ

は、『パイレーツ・ムービー』しかない。以下、記憶だけが頼りだが、思い込みが激しいから、間違えが多いかもしれない。

『リトル・ダーリング』の冒頭で、クリスティが、デニムにくわえタバコだったときに、衝撃が走った。ザ・ダイアモンズに『リトルダーリン』という大ヒット曲があったから、音楽映画かなと思っていた。黒いタンクトップにデニム、ちょっと粗野な感じがボーイッシュだった。生意気だけど、かっこよかった。会社のOLは、「ハンサムな女の子」なんて、言っていた。テイタム・オニールを完全にくっていた。最初、この役は逆だったそうだが、テイタム・オニールが嫌がり、エンジェル役がクリスティになったという。

おいしい役どころなのに、テイタム・オニールは損をした。映画自体は、サマーキャンプでパイ投げがあったりして、食べものは大切にしないといけないよと思った記憶がある。作品的には、大したことない。つづく『泣かないで』や『さよならジョージア』は、映画的にもよくできていた。『泣かないで』は、ニール・サイモンらしいセンチメンタルな、せつない味の佳作だ。アル中だった女優の母（マーシャ・

メイソン）と娘（クリスティ・マクニコル）と親友たちの話だった。

『さよならジョージア』が一番、好きだ。ジョージアって言っても、缶コーヒーとは無関係である。女性にだらしなくて、本当に、どうしようもないダメ男の兄をデニス・クェイドが演じた。クリスティはダメな兄貴に呆れながら、愛さずにはいられない。健気でシッカリ者の妹だ。クリスティは、映画の中で、確か2曲くらい歌っていた。

映画の原題は、『The night the lights went out in Georgia』だから、「ジョージアの灯りが消えた夜」というような意味だろう。原題と同じ『ジョージアの灯は消えて』というタニヤ・タッカーの歌も流れたが、こちらはそれ程好きではない。ジョージア州には随分、松の木が多いなと思った。兄と死別したクリスティがナッシュビルに向かうのが映画のラストだが、余韻が残る。爽やかないい後味だった。また、観たい。『白いロマンス』のクリスティは、片方の足が不自由な役だが、モンブランの麓のスキー場がよかった。『殺られる』のエドアール・モリナロ監督、不得手なジャンルなのに頑張りました。とにかくクリスティの笑顔が可愛い。

昨日、『パイレーツ・ムービー』のＤＶＤをやっと観た。手に入らなかったのと、双葉先生が『スクリーン』で、☆☆だけだったのをリアルタイムで読んでもいた。やはり、空前絶後の駄作だった。全篇、オーストラリア・ロケだし、監督も才人のケン・アナキン監督だった。ケン・アナキン監督は、『史上最大の作戦』『バルジ大作戦』、そして映画詩でもある『素晴らしきヒコーキ野郎』など好きな作品が多い。アナキン監督は、この23日に亡くなったそうだ。合掌。でも、メガネのクリスティはとてもキュートだった。『君がほほえむ瞬間』でもメガネをかけていたけれど、もう、クリスティのういういしさは消えていた。

クリスティ・マクニコルは時に思慮深く、時に気難しく、時に傷つきやすく、そして時にリスのような瞳が素敵だった。そしてすぼめた口もとと笑顔が抜群だった。破顔万両だ。今でも大好きだ。

（２００９・４）

追記。その後、双葉十三郎先生は逝去されました。追悼文（１４４Ｐ）を参照してください。

春はヨモギ色

この数日、寒さが戻ってきた。寒すぎて、夜中に目が覚めた。こうなるともう眠れない。手元灯で、いつものように江國香織さんのエッセイを読んだ。この本を読むのは、何度目になるだろう。

前にも書いたが、江國さんはよく和光の前で待ちあわせをするそうで、和光から眺める銀座が好きだそうだ。和光を三愛に変えれば、ボクも同じだ。妙齢な（ボクからすると十分お若い）女性とおなじ感性というのは、男としてどうなのだろう。あまり胸を張って、言えることではない。江國さんは、「銀座の実質的じゃない贅沢さ」が、好きだという。

川上弘美さんの『怖い銀座』というエッセイも読んだ。川上さんの銀座の定義では、北はプランタン、南は博品館、西は電通ビル、東は松屋の四点に囲い込まれた内側が、怖い銀座のテリトリーのようだ。「胸に重しをかかえたようで苦手」だと書いてある。その圏外に出ると、気持ちがパアッと明るくなるそうだから、かなり重症だ。

ボクの妄想の世界では、お二人の見解の相違は、正妻と愛人の暗闘のようなものだ。さすがに、この妄想は、我ながらアッパレである。ボク的には、どちらにも軍配は上げない。けれど、お二人の文系と理系の資質の差が、かなり凝縮されて表現されていると思う。

今日は花曇りだ。明るい曇り空だから、小学校の校庭やいつも通り抜けをさせてもらっている大学のキャンパスに、さんざめきがもどった。サクラもまだまだ楽しめる。よかった。

江國香織さんは、風には色があると書いていた。風の色は、なぜだか曇りの日の枯れ野の色のイメージだそうだ。さみしいことを言うなあって思った。ボクなら、春の風は、ヨモギ色だ。淡く透明な新芽の緑のイメージだ。ヨモギ餅の青々とした草の香りは気持ちよい。あ、春という感じだ。そういえば、ヨモギパンも久しく食していない。

川上弘美さんと江國香織さんのお二人が、どうして際立って好きなのか、以前に考えたことがある。お二人の美貌と無関係かといえば、嘘になる。良家の子女風に、ボクは弱い。これも素直に認める。でも、本当に好きなのは、大人と少女が入り混じったところだ。そして一番、好きなところは、性愛と孤独が、嫌味にならない程度に漂っているところだ。

こういう一人ぼっちの孤独に弱い。あっ、そこはダメっ……みたいに、ボクの琴線にふれるのである。

（２００９・４）

『雨の音がきこえる』はリアルタイムで読んだ

繁華街の一番大きな本屋の高い棚に、その本はあった。

この棚にある本たちが好きだ。ホッとする本が並んでいる。棚からとりだして、少し読む。タマという名の猫と散歩をしたり、原っぱをタマが走ったりする大島弓子さんの2頁の見開きのマンガを2話読む。この『グーグーだって猫である4』の単行本には、ビミョーに心地よい脱力感がある。

読者をのんびり、ゆったりと安心させ、読んでいると静かな、ちょっと幸せな暮らしが満喫できる。奥付を見ると、2008年だから、久しぶりにリアルタイムに近い時期に読んだことになる。（追記：初出誌2003・10—2006・3）

ふと、われに返る。立ち読みしながら、後ろを振り返り、周囲を見る。知っている人はいない。こんなに無防備にくつろいだところは、人に見られたくない。大丈夫だ。

この地の友人はかなり、限られている。

でも、油断はできない。先日、スーパーで買い物をして、ネギなど無造作に突っ込んだレジ袋をぶら下げ、ブラブラ帰るとき、知人の娘さんにしっかり見られたではないか。「お買い物ですか」などと、明るく声をかけられた。お上品なお嬢さんがニコニコ笑って、立っていた。あれは、恥ずかしかった。アラッ、見ていたという感じだった。

しかし、『グーグーだって猫である』も、ずいぶん、長く続いている。前に手にとった時は、サバの死や、際立って小さくて、元気がないグーグーとの出会いを読んだ。大島マンガをリアルタイムに近い時点で読むのは、二十代以来だ。一番好きなのは、なんだろう。フム、むつかしい。

『雨の音がきこえる』は好きだった。切なかった。茶碗が割れたところや、雨の中をずぶ濡れになるコマは今も、憶えている。似た話だが、『さようなら女達』もよかった。これも、突然の雨降りだった。あの頃は、コマの余白に、樹木や葉叢がいっぱい書き込まれていて、そこも好きだった。2作とも母親が死んでしまうけど、ハッピーエンドだ。

『いちご物語』も捨てがたい。結局、ヒロインのキャラクターが好きなのだろう。要領の悪い、お人よしで、人の気持ちを大切にするヒロインが好きなのだ。やっぱり、人は自分にないものに憧れを抱くのだ。

この頃の大島作品には、小さな白い綿屑のような空中浮遊物が、いつも余白にいっぱい浮かんでいた。ボクは、またアレが飛んでいると思った。もう一つあった。『銀の実を食べた?』だ。黄色の木立にうずくまる黒いシルエットの尾花沢笑を、ボクは忘れない。

なんて、思っていたら、『グーグーだって猫である』を読みたくなった。あの好きな棚から本が一挙に4冊が消えるのは、しのびない気もする。まっ、いっか。帰りに、本とDVDも買って帰ろう。

（2009・5）

Mさんのこと

倒叙ミステリの第一人者の折原一さんの過去ブログ『頭蓋骨の裏側』を拝見していたら、敬愛するMさんを偲ぶ会のことが綴られていた。Mさんは大学の同じ学部・学科の1年先輩で、亡くなられてからもう2年半になる。40年近く昔、趣味の上でも人生の歩みの上でも、いろいろと教えて頂いた。

大学の講堂と文学部を結ぶ通りの講堂寄りに、その喫茶店はあった。外からは内部がまったく窺うことができない。入るのに少し躊躇《ちゅうちょ》するといった風情だ。そんな喫茶店の窓際の一隅のボックス席で、はじめて会った。昭和45年の今の季節か、もう少しあとだった。

彼は抜群の英語力で、大学の2年生のころから、ハヤカワ・ミステリ・マガジン（HMM）の下訳などをしていた。宝塚市出身の俊英で、夏目漱石の著作などに親しんでいた。あの若さで、あれほどの知的廉直を他にボクは知らない。はじめて彼と話した日を、昨日のことのように覚えている。彼が大好きだったL・デヴィッドソンの『モルダウの黒い流れ』について、畏敬の念を以って聞いた。

当時、新刊で出版されたばかりのジェフリー・ハドソン（マイケル・クライトン）の『緊急の場合は』は、上半期のベスト5には入るかもしれないなどと話した。その頃は当たり前だが、彼もボクも貧乏で、たいしたお昼も食べず、かわりに、ポケット・ミステリの新刊や新作映画のほとんどを読んだり、観たりしていた。

授業にはお互い見向きもしなかった。凄いと思ったのは、テスト期間中なのに、彼は一人で、神田の古本屋まわりをしていた。さすがに付き合いきれない。ミステリや海外小説の話になると、彼は時間の経つのを忘れて夢中になって話した。そんな話を聞くのが楽しくて、じっと聞いていた。彼は八方美人的ではなく、どちらかというと人嫌いに見えた。しかし親しくなると、全く違った。さみしがりやで、人恋しいタイプの人だった。但し、本音を心置きなく語り合う関係になるまで、随分と、時間のかかる人ではあった。御世辞や巧言令色を弄ぶ事は大嫌いだった。そのぶん、後に翻訳家になった時、フリーランスの営業活動や出版社との交渉の面で、そうとう損に働いたようにも思う。

MWA（アメリカ探偵作家クラブ）最優秀短編賞のロバート・L・フィッシュの『月下の庭師』を彼が訳し、HMMに掲載された日のことだった。喫茶店が閉店時間になり、東西線の早稲田駅の入り口傍の喫茶店『オリエント』で続きを話した。『月下の庭師』はヒッチコック師匠の『裏窓』とダンセイニの『二壜の調味料』が合体したような傑作短編だった。

彼とボクの付き合いは大学の3年から4年までと、ボクが社会人になってからの半年弱である。彼は事情があって、急に帰郷してしまった。そして4年間が過ぎた。

そんなある日、彼から突然電話があり、そして他に誰も引き受け手はいないと言う。彼の結婚式の司会の依頼だった。いったん宝塚に集まり、式は京都だった。東京からは、作家デビュー前の北村薫さんと、ボクと高校、大学と同じサークル仲間だった編集者になったHくんも出掛けた。今も杉戸在住の北村薫さんは、彼の一番の親友だったと思う。泉鏡花を研究しつつ、北村さんはコチコチの本格ミステリ派だった。SF

からハードボイルド、サスペンス、新刊ミステリは全部バカスカ読破するMさんとは肝胆相照らす仲だった。結婚式でも、北村さんが主賓をつとめた。

ついこの間まで、浮き沈みの激しい出版ジャーナリズムを駆け抜けるのは、Mさんに不向きだと勝手に思っていた。それは学生時代の最後のエッセイに由来する。およそうろ覚えで不正確だが、「泣きたくて、泣きたくて、仕方がなかったある日、ボクは泣かずに発狂した」(かなりいい加減だが)というタイトルの名文がある。そこでは、本当はミステリなど好きではなく、文学や童話に対する憧れが綴られていた。彼の早成がよくわかった。シャープな知性ゆえ、神経も鋭敏であり、繊細だった。翻訳の仕事には一切の手抜きがないことも、学生時代から噂で聞いていた。どちらかといえば、思慮深い英文学の研究者の方が似合っていた。ボクもそうだが、ボクとは比較にならないくらいに、政治学には縁遠かったと思う。

けれど、翻訳家としての作品をあらためて調べると、やっぱり、彼の才能が貫かれたことを知る。とりわけ、彼が訳した作家に、フィリップ・K・ディックとマーガレット・ミラーの名前を見つけ、嬉しくなった。『アンドロイドは電気羊の夢を見るか?』は、彼の大好きなSFだった。マーガレット・ミラーは彼が一番、敬愛していた翻訳家の小笠原豊樹さん(詩人、岩田宏)が訳した作家である。美しい文章を書く作家だった。

彼の旅立ちは、かなり早すぎたが、それでもよい仕事を残されたのだなと思う。彼の訳した本を集め、読むのは老後の楽しみにとっておこう。おそまきながら、合掌。

しばたはつみさんの『マイ・ラグジュアリー・ナイト』は、彼の結婚式で時間が余りそうになり、ボクが歌うことを覚悟した曲だ。歌わずに済んで、式をぶち壊しにしないでよかった。心よりそう思う。

(2009・5)

のんべんぐらりと暮らしたい

『ジャージの二人』を見る。このところ、外国映画に食傷気味で、日本映画ばかり見ている。そりゃ、年間にＤＶＤを５００本近く見れば、飽きる。無趣味なヒマ人だ。

長嶋有さんの原作は、大島弓子さんが書いた表紙の絵の単行本で読んでいた。林道に、ジャージ姿の男二人が前景にいて、後景にハスキー犬が書いてあった。『猛スピードで母は』は、佐野洋子さんの装画だった。高野文子さんの装画とイラストのもあったし、長嶋有さんは、女流画家にモテモテである。長嶋有さんの映画化作品だと、『サイドカーに犬』も、わりと好きだったけれど、この映画もよい。まあ、とどまることなくユルフワで、しまりがないのがよい。『天然コケッコー』（略して『天コケ』。別に略さなくてもよいのだが）の牧歌的で、のんべんぐらり（のんべんだらりではない）と暮らしたいのに似ている。

北軽井沢あたりのイノシシでも出そうな、いや、クマやマムシが絶対にいそうな林道を、ちょっとお散歩に行くような感じがいい。あたり一面はキャベツ畑だ。設定ではレタス畑だが、映画ではキャベツ畑が映っていた。浅間山かもしれない山が、やわらかな稜線を描いていた。この、ちょっとお散歩気分というのがいい。電車に乗るでもなく、できれば、自転車にも乗らない。

爽やかな風がすうっと流れていく。このところ、暑いのだか、寒いのだか不分明な日々が続いているから、なおさらうらやましく思える。薪割したり、石油ストーブをつけたりしていた。うまそうな赤トマトがたくさんある。堺雅人さんが食パンにトマトを挟んで、バターを塗って食べてた。傑作映画『フライド・グリーン・トマト』からの連想だが、サンドイッチならグリーントマトも美味しそうだ。すこし酸味があるけれど、そこがビミョーによい。グリーントマトとは、未熟なトマトの意味ではなくて、緑色の種類のトマトのことだ。

BLTサンドも食している。ベーコン・レタス・トマトのサンドイッチだそうだ。知らなかった。カリカリのベーコン、パリパリのレタス、瑞々しいトマトが具のサンドイッチならば、それは美味しいだろう。でもボク的には、サンドイッチは、野菜を増やしたり、マヨネーズに工夫を凝らすなど、あまり余計なことをしない方が好みだ。ハムと青臭いくらいのキュウリがあれば、それだけでいい。

かくして、のんべんぐらりと暮らすGWが過ぎていく。人はそれを、孤独とか、さみしいとか言うかもしれない。年齢を考えれば、ゆっくりとまったりとした暮らしをしたい。けれど、後先を考えない性格は、変わらないだろう。

『ジャージの二人』を見ていたら、旅情を久方ぶりにそそられた。旧軽井沢を文学散策などすれば、さぞ楽しいだろう。青山七恵さんの『ひとり日和』のラストに、京王線の電車から、キンモクセイの生垣のヒロインの下宿先が見える描写がある。あの駅は、笹塚の先の一体どこの駅だろう。前から気になっていた。文学散歩をしてみたい。

ああ、まったりした気分になった。まったりを極めると、その先におごそかで、崇高な世界が広がった。さすがに、そんなことはない。

（2009・5）

『青が散る』

『青が散る』は、本屋の平積み台で手にした。ハードカバーで大部だったが、リアルタイムで読んだ。青春群像小説の傑作だと、当時のミステリ好きの友人達に宣伝した記憶がある。

宮本輝さんは、『蛍川』くらいは読んでいたが、それほど大好きな作家ではなかった。当時だと、丸山健二さんが好きだった。『青が散る』はドラマにもなったが、どうもキャスティングが小説のイメージと違うような気がして、それっきりになっている。見ておけばよかったと、今になって思う。

『青が散る』の本は今、手元になく、記憶もかなり頼りなくなっているが、ヒロインの二人が魅力的だった。わりとよく記憶している。小説の真のヒロインは佐野夏子だろう。ひまわりのように目立つ、美人で華のある大学生だ。少しわがままなところのある、可愛いお嬢さんといった風ではなかったか。

ボクが心惹かれたのは、星野祐子というもう一人の地味なヒロインである。うろ覚えの記憶では、すこしハンディがあり、テニス部のマネージャーだった。聡明で、小柄で、すこしさみしげだが芯の強さをうちに秘めた、ボクにとってあこがれの女性像だった。もっとも、思い込みが激しいから、とてつもない勘違いをしているかもしれない。

星野祐子の描き方は、せつない部分がずっと隠されていて、ほのかにそうであるとよいなあ、でもそうはならないだろうと心中思いつつ、読み込んでゆくと、ラスト近くでその期待が大きく膨らんだ。これって、宮本輝さん自身もこうした展開を考えていなくて、とっさの衝動でその成り行きになったのではと思うくらいだ。もちろん、緻密に構成された、考え抜かれたストーリーテリングであり、だからこそクライマックスがグッとくるのである。

女って、怖いなぁ。でも、星野祐子なら、問題なくアリだなと思った。フォークソングの挿話など冗長にも感じたが、時代のリアリズムを考えると、そうなるのだろう。

フレッシュで、ちょっぴり酸っぱいレモンを齧ったような爽やかさを基調として、はかなく、ほろ苦い青春が活写されていた。赤や黄色やさまざまな色の花火が煌めくような瞬間が浮かび上がっては、花火の飛沫が読み手めがけて降って来るような気分になった。ドラマは見なかったけれど、主題歌の松田聖子さんが歌う『蒼いフォトグラフ』の「港の引き込み線を渡る時」というフレーズには、イマジナリー・ランドスケープがある。

ボクとはあまり相性がよくない作詞家の松本隆さんだが、秀作だと思う。

（２００９・６）

サマードレスの女たち

梅雨入りしたばかりなのに、半端でなく暑い。本当に先が思いやられる。本格的な夏のようだ。部屋にいても碌なことはないと思い、出掛ける。

照りつける陽光を浴び、最近になってやっと学んだ日陰を選んで歩くが、足どりも重く、微風でも吹かぬものかと天を仰ぐが、そんな気配は微塵もない。コットンの帽子の内側が汗で、グッチョリだ。綿雲が、空にいくつもある。信号待ちをしている間、街路樹の木陰は、かくも涼しいのかと実感する。昼近くなっても、頭がぼんやりしていて、仕事にならない。夏のイメージの昔観たテレビドラマなど思い浮かべる。

『Surfside 6』（サーフサイド6）は、マイアミ・ビーチの私立探偵の青春ドラマだった。トロイ・ドナヒューの主演で、マイアミ・ビーチとヨット・ハーバーのリゾート気分が満喫できた。ベトナム戦争介入前のアメリカのドラマには、明るさ、軽快さ、ウキウキする楽しさがあった。5、6年前に、ブライアン・デ・パルマの傑作『スカーフェイス』をDVDで観て、残酷な殺害シーンのせいでマイアミのイメージはガラリと変わった。テーマソングのSurfside 6のところを、「セクサイ シックス」と歌っていた。あれはSurfside 6のことかと気づいたのは、大学生になってからだ。恥ずかしい。

同じトロイ・ドナヒュー主演の『パームスプリングスの週末』という映画も楽しい。最近になって、再見したら全くの駄作だった。駄作・凡作の類でも、やっぱり、楽しくはあった。パームスプリングスはロスの200キロ近い東のリゾート地らしい。涼しいところのようだ。医学生のバスケチームの面々が、パームスプリングスへバカンスを楽しみに行く話だ。『ハワイアン・アイ』でお馴染みのコニー・スティーヴンスを始め、タイ・ハーディンやロバート・コンラッドまで、つまらない役で出演している。今の時代なら、トロイ・ドナヒューはアメリカでも、日本でもスターにはなれないと思った。トロイ・ドナヒューがテーマソングを歌っているが、Live Youngのところを、「リビヤン」とおぼえていた。たぶん、人の名前と思い込んだのだろう。

「ザ・ヒットパレード」で誰かが歌っていたのを、音感の悪い耳で聴いて、聞き間違いが思い込みになった。

今、ふと思ったのだが、このころのアメリカ映画は日活の青春群像映画と較べて、ずいぶん、開放的だったなあと思う。主人公に歌を歌わせるは同じだが、あちらは、同じ年頃なのに、ずいぶん、大人びていた。日活映画の方は、ひたすらガキっぽく、すぐにすねたりして、万事が旧弊だった。今の若者が見たら、幾つかよという幼稚さだ。もっとも、それはそれで、ういういしくもあった。やはり、オールデイズのアメリカン・テイストは爽やかだ。

暑い夏を嘆きつつ、常盤新平さんのエッセイを思い出した。「ニューヨークの暑い夏の夕暮れ、六番街の酒場からでると、陽に灼けた若い女がタクシーに手をあげて、夕陽に輝いて見えた」ということが書かれていた。

夏のニューヨークではきっと、サマードレスの女たちがドキドキするほど、輝いているに違いない。

（2009・6）

大好きなハードボイルド映画

ハードボイルド映画が大好きだ。

『クレイマー、クレイマー』のロバート・ベントン監督の『トワイライト　葬られた過去』（DVDスルー）は、オールドファン必見の佳品だ。冒頭からエンディングまで、黄昏にたたずむかのような作品であるという惹句は、大仰過ぎるけれど、見て損はない。主人公は元警官上がりの探偵で、今はしがない飲んだくれだ。娘と女房がいたが、娘に死なれ、アル中になるというお決まりの役どころである。

だが、このダメ男がどうにか立ち直り、タバコもやめる。ファーストシーンではプールサイドで、サングラスに口ひげで、ビールをラッパ飲みしていた。ありがちな、いかにも正統派ハードボイルドのキャラクターである。演じるは、ポール・ニューマンで、これが堪らなくよい。クールでふてぶてしく不良っぽい。そのわりにストイックで、ちょっぴり哀愁などある。やっぱりダメ男なのだが、なぜかカッコよい。そんな主人公がある日、突然、殺人事件に巻き込まれる。しかも容疑者になる。遠望のよい高台の豪邸に住む元同僚が、『かわいい女』のフィリップ・マーロウ役や『ロックフォード氏の事件メモ』のジェームス・ガーナーだ。

最近、エリオット・グールドの『ロング・グッドバイ』をDVDで見直した。深夜にわがままな猫にご飯をねだられて、わざわざカレー風味の缶詰を買いに、スーパーまで車で出かける。設定は、70年代に置き換えられている。真夜中なのに、若いイカレタ女達が、ベランダで揺れるように踊ったり、ヨガに没入したりしていて、ワケワカラン人種がご近所さんである。

そういえば、ポール・ニューマンの『動く標的』も、冒頭、朝起きるとコーヒーを切らしていて、ゴミ箱から使い古しを漁って、出涸らしのコーヒーを飲むシーンだった。これまたうらぶれて、みじめったらしいのだが、そこがカッコよい。射ちたければ射ったら……というストップモーションも、決まった。

ロバート・ミッチャムの『さらば愛しき女よ』の評価が、圧倒的に高い。なるほど、原作のムードにはぴったりだった。演出のディック・リチャードは、写真家出身だから、構図や40年代の物憂い、紫煙渦巻くクラブなどのムード作りはさすがに上手かった。年齢がいってから観たせいだろうが、ロバート・ミッチャムが年取り過ぎだなと思った。人生に疲れきっちゃったって感じだった。グルーミーな感じは良く出ていたし、シャーロット・ランプリングの謎の女はさすがで、絵になっていた。

グールド演じるこちらのマーロウは、チェーンスモーカーで、いつも煙草をくわえ、車の前に飛び出したワンちゃんにも心優しい。だからタフでもないし、すこしマヌケでもあり、哀愁というより、動物を可愛がる善人という感じである。ロードショーで観た時に、ある意味で原作を徹底的に裏切っているし、ど、どうなんだろうと思った。面白くはあったが、ハードボイルド映画というには、あまりに締まりがないと思った。再見すると、なるほどタフとは程遠いけれど、癒し系というか、ゆっくりとまったりとしていて、いい味になっていた。時代の流れかもしれない。

正統派ハードボイルドは「最初に失踪ありき」と言ったのは、翻訳家の小鷹信光さんだったと思う。『かわいい女』『ロング・グッドバイ』『さらば愛しき女よ』も失踪から始まる。冒頭に採り上げた『トワイライト　葬られた過去』も、御他聞にもれず、失踪がある。ロス・マクドナルドの『ウィチャリー家の女』以降の、アメリカ家庭の悲劇というテーマにも近い。ロスマクの描く私立探偵リュウ・アーチャーは失踪調査のため、事件に介入すると、よそさまの家庭の秘め事を暴くことになる。アーチャーの介入が家庭の悲劇の引き金になり、やがて家庭の崩壊をもたらす。アーチャーは介入に逡巡し、病めるアメリカの現実に絶望する。それが、70年初頭のハードボイルド小説だった。こうなると、もう普通小説である。

それから20数年後の『トワイライト　葬られた過去』では、ラストなど温かな気分になれた。ボクと似たような境遇なのに、ポール・ニューマンが演じると、MMKになる。モテテ、モテテ、困る。うらやましい限りだ。

NY州の田舎の冬景色が美しかった『ノーバディーズ・フール』（これもまたロバート・ベントン監督）もそうだったけど、ポール・ニューマンにはちょっと世をすねた永遠の不良がよく似合う。人生の盛りを過ぎた独身男の孤影も漂う。『黄昏』のヘンリー・フォンダにも哀愁があったが、ヘンリー・フォンダの場合、すっかり毒気が抜けて、枯淡の境地がすこし侘しかった。そういう役柄なのだが、身につまされた。やっぱり、少しは不良っぽくないと、人生の黄昏時のダンディズムは生まれない。

そのような老境を迎えたいものだが、ないものねだりだ。はてさて、どうしたものか。

不良でなければ生きてゆけない。

エロオヤジでなければ、生きる資格がない。

（2009・7）

夏目雅子さんのこと

夏目雅子さんという夭折された美人女優がいた。けだし、佳人薄命である。熱狂的ファンというほどでもなかったが、印象的なことがあって、今も忘れられない。彼女が作家の伊集院静さんと結婚して間もない頃、テレビの芸能インタビューでのことだ。

新居（?）のある路地の生垣のような植栽からフッと現れ、いかにも若奥さんといった感じで、ういういしく、浮き浮きして取材に応じていた。まあ、そういう設定だったのでしょう。でも、よっぽど幸せだったのだろう。他事ながら、微笑ましく思った。取材が終わり、彼女はまた、路地の方に歩いていって、一度振り向いて、照れたように軽く手を振り、また植栽に姿を消した。

これが、彼女の最後のテレビ出演となった。その後、舞台があり、難病が発覚して降板となる。今思うと、このテレビの芸能インタビューは巧まずして、ロベール・アンリコ監督、ジョアンナ・シムカス主演の『若草の萌えるころ』(原題、ジータ伯母さん)のかくれんぼのシーンと同じとなった。夏目雅子さんに合掌。

ヒロインのアニー(ジョアンナ・シムカス)にとって、ジータ伯母さんは、実の母よりも親しく、大好きな人だった。そのジータ伯母さんが倒れた。医師の診断では、助かりそうにない。アニーは眠れぬまま、夜の街をさまよう。そんなたった一日だけの物語だ。翌朝、アニーは、ジータ伯母さんと邸の庭でかくれんぼをする。アニーがまだ幼いころだ。ジータ伯母さんは樹の繁みに姿を隠す。アニーがジータ伯母さんを呼ぶ。けれど、ジータ伯母さんはかくれんぼをしたまま、姿を消してしまった。

ここで映画はあっけなく終わる。やや成長したアニーは、ジータ伯母さんの死を人生の摂理として受容する。さわやかな映画詩的小品でもあるが、愛する人を失った喪失感がほろ苦く、心に沁みる。

夏休みの暑い午後、涼しげな女性に会いたくなったら、この映画のジョアンナ・シムカスに会えばよい。ボクはこの映画を十代で観たが、40年間封印したままだ。もうそろそろ再見しても、よいだろうと思っている。

（2009・8）

銀座ガスホールが消えた

すっかり田舎者になったせいかもしれない。

銀座に行くと、建物や街路樹などに、じぃっーと見入るようになった。最近になると、舗道にまで見入る。しみじみと見て、感無量になったりする。もし涙ぐむようになったら、末期的である。

晴海通りがケヤキの街路樹だったなんて、去年、気がついた。街路樹があったことすら、気がつかなかった。交詢社通りのトウカエデだけは、不思議に憶えている。たぶん、カエデだけは子供でも、知っていたからだろう。並木通りもシナノキになっているけど、プラタナスだと思っていた。

それにしても、たまげた。ガスホールが無くなって、ｇＣＵＢＥになっていた。インターネットで検索していると写真ブログがあり、今日知った。炎のイメージだそうだが、昭和40年代後半に我が青春のジャズ喫茶ACB《アシベ》がなくなり、そして試写会でよく行ったガスホールも消えてしまった。

街も生き物だ。さみしいけど、これが現実だ。それだけ、長いこと人生をやっているのだ。街路樹もショー・ウィンドーも、若いころは眼中に無かった。ショー・ウインドーは今も同じだ。電通も資生堂も、デパートと同じようにみんな記号だった。あの先を曲がれば、どこそこへ出れるという目印だった。興味があったのは、映画館、本屋、喫茶店だけだった。何とも、彩りに欠ける人生だ。

夏暑いと、本屋さんで本を読んでいると、すぐに涼しくなる。冬寒いと、喫茶店に入り、コーヒー一杯で粘れば、温かくなった。

そういえば、資生堂傍のソバ処と泰明小学校の隣の中華飯店は、まだあるのか。後者はきれいなお店とは、お世辞にも言えなかったけれど、味は最高だった。食い気の方だけは、よく憶えている。

明日はお祝いで、東京會舘に行く。ここも古い。まだ、あったのだ。どうなったかな。

（2009・8）

座頭市のオムスビ

大学のサークルの先輩の北村薫さんが直木賞を受賞され、8月下旬にお祝いのパーティがあり、ひさしぶりに大学時代の友人に会った。彼はフリーの編集者になっていた。大学ではお互い、ミステリに明け暮れていたから、彼は趣味の道を究めた人かもしれない。もうちょっとで、40年ぶりの再会だった。昔のままのヘアスタイルで、違うのは白髪だったことか。

当時いつも、2階が小劇場の階下の喫茶店に、漫然と入り浸っていた。冬、ダルマストーブでタバコをつけると、彼の前髪が垂れ、毛先がチリチリなったのを目撃している。彼曰く、ラーメンスープに毛先が、浸りそうになったとも言っていた。40年経っても、そのままだから若いというべきか、進歩がないというべきか。彼が、「ちゃんとやってる」と聞くので、「まぁ、相変わらず適当だよ」と返事した。

彼は当時、勝新太郎の座頭市を観て、座頭市が食べたオムスビが美味そうだと言った。ボクは、映画の技巧ばかりが気になっていたころだ。今になって、彼の映画の楽しみ方が、やっと解かったような気がする。

パーティが終わって、喫茶室に移動する。「年くっちゃったな」、「お前もな」などと言いあう。「まだまだだよな」と言うと、「ああ、これからさ」と友人は苦笑した。「じゃ、地方組はお先に失礼するぜ」と言い残して、喫茶室をあとにするとき、「つまんねーよ」という彼の声が追いかけてきた。

彼もボクも、ずい分年はくったが、何も変わっちゃいない。40年前のダルマストーブの灯りが、一瞬よみがえる。

（2009・9）

ギンナン松葉刺し

めっきり秋らしくなった。梨の秋月が出回り、懐石コースの名前にも長月など、周囲はすっかり秋のモードだ。

マツタケの土瓶蒸しを食べた。初物を食すのは、精神の贅沢だ。どうせ輸入物だろうが、満足である。ギザギザかぼす釜（中味は、イクラおろしとトッピングにとんぶり）や蓮根煎餅（チップス）などシミジミ味わうと、やっぱり日本酒が恋しい。でもビールでじっと我慢した。我ながら、ストイックである。

やっぱり、ギンナン松葉刺しは、なんとも風流である。まさか七輪と備長炭で、炒ったわけではないだろうが、ヒスイ色のギンナンだ。黄色と言い切れない、青っぽいような緑色だ。黒猫の瞳の色である。

ギンナンの味は、とても微妙だ。仄かで、朧な甘さと少しのえぐさが、なんとも心地よい。子供の頃に、ストーブの上で煎った熱いギンナンの殻を割って、薄皮をむいて食べた。そういえば、チョコレートを食べて、よく鼻血を出したが、ギンナンでの鼻血は経験していない。

仕事場近くの大学の銀杏並木を初めて、通り抜けた時を思い出す。大銀杏が並び、どっしりした黄葉の並木を夜、歩いた。夜の静寂に、濃密な落果したギンナンの匂いが、鼻をつく。誰かが踏んづけたのかもしれない。強烈な匂いだが、慣れてくると、秋らしくもあった。

最近では、ギンナンの実のつかない、オスの銀杏を並木にすると聞く。銀杏並木を走る市電も、銀杏の落葉が線路に溜り、油分でスリップしないように工夫されているらしい。しかし、オスだけの銀杏並木はなんとも味気なく、殺風景である。少しくらい匂っても、雌雄が混ざった銀杏並木が楽しい。

ギンナンの匂いは、慣れると、むしろ病み付きになる。

（２００９・９）

ジャック・レモンを偲ぶ

ビリー・ワイルダー監督と言うとジャック・レモンで、ジャック・レモンと言えばビリー・ワイルダー監督だが、ワイルダー監督の代表作の『七年目の浮気』にも『情婦』にも、最晩年の秀作『悲愁』にも、ジャック・レモンは、出演していない。ボクにとっては、彼らの関係は、黒澤明監督と三船敏郎さんの関係に似ている。ジャック・レモンの存在がなければ、後期のワイルダー監督の作風も変わっていたと思う。

しばしば同列に論じられるレモンと仲良しのウォルター・マッソーが、性格俳優だとすると、ジャック・レモンは都会的洗練を身に着けた喜劇俳優であるとともに、大スターだったことを銘記しておきたい。もっとも、アメリカでは、喜劇俳優の扱いではないようだ。彼の役者活動は大雑把には、60年代前半の軽妙洒脱な役者時代、70年代の役者的空白の時期を経て、80年代のシリアスな演技派、そしてウォルター・マッソーとのコンビ復活の90年代に3分類できよう。

60年代前半の軽妙洒脱な役者時代こそ、ジャック・レモンを戦後アメリカ映画界の最高の喜劇俳優たらしめた。55年の『ミスタア・ロバーツ』が全ての原点だった。57年の『海の荒くれ』は駄作だが、もうレモンの独壇上だった。そして59年からの『お熱いのがお好き』『アパートの鍵貸します』『酒とバラの日々』『あなただけ今晩は』に至るまでが、彼のピークである。

初期の4作で極点を極めたのは、天才俳優ならではのことである。それもわずか4年間に凝縮されている。盟友のウォルター・マッソーだと、『恋人よ帰れ！　わが胸に』で才能を開花させた後、得意だった謎の情報部長や悪徳弁護士のような悪役的個性を封じ込めたレモン監督の老け役『コッチおじさん』を経て、ドン・シーゲル監督の『突破口！』あたりから主役の風格が出てきた。

マッソーの役者人生のピークは、70年代の『サブウェイ・パニック』、『がんばれ！ベアーズ』、80年代初期の『わたしは女優志願』あたりだと思う。天才肌のレモンより5歳年長ながら、ピークは10年以上遅い。ウォルター・マッソーならではの、冗談なのに真面目くさって面白い、人間的魅力が映像に定着したのは、彼が五十代になってからだ。

ジャック・レモンの軽妙洒脱系（60年代前半）の白眉は、やはり『アパートの鍵貸します』だろう。アパートの一室のシークエンスが多く、ワンセット・ドラマの要素もあった。一人芝居のような場面も少なくない。気弱な、しがないサラリーマンのとぼけた味と哀愁が滲んだ。レモンは、シャーリー・マクレーンであれ、誰であれ、相手役を引き立たせる芝居が絶妙だった。すべって転ぶスラップスティックも出来た。

彼は、チャップリンの『街の灯』が好きだったと聞くが、『アパートの鍵貸します』は同じ主調音である。切なさや哀しみに満ちた想いを内に秘めて、シャーリー・マクレーンと会話する。それがとてもユーモラスに見え、さみしく笑うと、こっちまで少し胸が痛くなった。レモンは、破顔一万両の役者である。彼の笑顔には都会的知性と哀愁があった。だが、なぜかとても爽やかである。彼をスターたらしめた要素だと思う。

この時代のレモンは、高めの声で、少し早口で身のこなしが軽やかだった。『おかしな二人』の「清潔好きが度を越した潔癖症のカリスマ主夫」対「無頓着なポーカー好き」のキャラクター対比は戯画化され過ぎで、ボク的にはあまり面白くなかった。

ニール・サイモンが面白く思えるようになったのは、『グッバイガール』以降だ。奇しくも、名脚本家I・A・L・ダイアモンドが表舞台から消えたころと、平仄《ひょうそく》を一にする。『わたしは女優志願』など、センチメンタルな上質な都会派コメディだった。

ジャック・レモンは、ハーバード大学の理系を卒業した秀才である。ハリウッドの良識であり、反戦リベラル派だった。それが、『チャイナ・シンドローム』『ミッシング』の80年代のシリアスな演技派へ向かわせた。とりわけ、後者のアメリカの実業家から、エスタブリッシュメントへの叛逆者になっていく過程は圧巻だった。

『晩秋』は、双葉十三郎先生によれば、歩く姿だけがレモンだったと言うが、なるほど、顔も姿も全くの別人だった。『晩秋』の最晩年の老け役の渋さと、木漏れ日を浴びた芝庭での親子のキャッチボールは今も、忘れられない。レモンは他のどの役でも、素の部分を微妙に残して、役柄を演じていたのだなと、その時に思った。逆に、ウォルター・マッソーの素の部分が透けて見えてきたのが、先の『サブウェイ・パニック』のころだった。けれど、シリアスな演技派なら、レモンじゃなくても、他にも役者がいるのにという望蜀の嘆もあった。

そして、90年代のマッソーとの『ラブリー・オールドメン』（2作）、『カリブは最高！』、そして『おかしな二人2』の4作のうれしいコンビ復活がある。いずれもB級映画だが、即物的なギャグのコメディ映画ではなかった。名優二人が演じたコメディ映画であった。なかんずく、最初の2作が楽しかった。

『バガー・ヴァンスの伝説』が遺作だが、同じハリウッド・リベラルのロバート・レッドフォード監督にはレモンへのレスペクトがあり、レモンは単にゴルフ好きだったから出演したのかもしれない。けれど今思うと、最初と最後のシーンは、その後を暗示している気がして、あまり見る気分にはなれない。もちろん、映画自体は、よくできた佳作である。

素のジャック・レモンは、ピアノも歌も、すこぶる上手だったと言う。CDもあるが、まだ聴いていない。『アパートの鍵貸します』のテーマ曲の演奏が聴けるようだ。映画では、わずかに『ラブリー・オールドメン』で、ピアノに触れている。音楽に限らず、彼はビジネスの世界に身を投じても、おそらく成功したのではないか。そんな財界人の雰囲気も有している人にも見えた。

レモンさん、あなたの少しさみしい笑顔が、とても好きでした。合掌。

（2009・10）

レモンの片想い

ブリキの缶のサクマドロップが懐かしい。フタをあけ、缶を逆さにすると、カランと音がして、ポト。白が出ると、ボクはガックリだった。白はハッカである。より正確には、真っ白がハッカだった。黄色はレモンといったあなた。外してます。黄色はパインで、レモンは透明な色の白でした。

レモンは美しい果物だが、なんとなくつんとお高い。時代が変わっても、和でなく洋の果物である。リンゴのようにガブッと齧れないし、ナシのようにたくさん食べられない。

輪切りにさせたり、しずくを滴らせるなどして、勿体つける。やはり生意気だ。カキフライに絞ると、よい香りがする。紅茶だと、輪切りにしたレモンは、使いまわしができる。まあ、輸入がほとんどだから、皮ごとガブリは、ヤバいからやめたほうがいい。子供のころ大好きだった氷レモンなんて、胡散臭いものだった。アレは相当、怪しい。

最近になると、レモングラス・ティーがある。レモンの香りがするそうだ。ぼかしているのは、実はまだ飲んだことがないからだ。だが、レモンは果物だが、レモングラスはイネ科だから野菜か。レモンの香りがしても、まったくの別物だ。最近、こういう小憎らしい手合いは、あまりいない。マンゴーはカッコつけてるが、美味しいから許そう。

あっ、生のラズベリーとやら、なんとなく気に食わないヤツっぽい。けれど、キイチゴの一種らしいので、ジャムを作って試そう。

（２００９・11）

読書の秋

今年も早くも11月である。木の葉が色づくようになると、恋愛小説や遠い昔の風俗小説が読みたい。柄じゃないが、そんな気分になる。良い香りの紅茶を飲みながら、大岡昇平の『花影』や大仏次郎の『帰郷』のような芳醇な名作を読みたい。

「もし葉子が徒花なら、花そのものではないまでも、花影を踏めば満足だと、その空虚な坂道をながめながら考えた」

この『花影』の一節は忘れない。ボクが読んだ国産小説だと、一番すぐれた恋愛小説かもしれない。澄んだ、うつくしい文章だと思う。

『帰郷』は風俗小説だが、主人公が格好よい。川上弘美さんの『真鶴』の消えた主人公の夫の後姿も、格好いい。けれど、さすがに『帰郷』には及ばない。川上さんの消えた夫は、トヨエツのイメージだと、どなたかが書いていたけれど、言い得て妙だと思う。『帰郷』の主人公は男気に溢れ、他人の罪も背負って異国をさまよう。孤独な後姿は、いかにもハードボイルドに生きているという感じである。惜しむらくは、恰幅がよすぎたように思う。けれど、スマートだと、格好つけ過ぎで嫌味かもしれない。

『帰郷』と松本清張の秀作『球形の荒野』は、少し似ている。後者は唐招提寺の芳名帳に、亡くなったはずの叔父の筆跡を見つける滑り出しが、ミステリアスだった。昔の文人はスタンダールなどと、本気で格闘していた感じがある。だから大人の読む小説たりえた。もっとも、今では、ジュリアン・ソレルの野心は田舎者のダサい上昇志向であり、プルーストのマドレーヌだって、スタバで買えると言われそうだ。だったら、もうあきらめるしかない。

我とわが身を振り返ると、恋愛や色気とは終生、無縁のようだ。慙愧に堪えない。この季節になると、どこか遠くへ行きたい。深まる秋の日暮れに、露天風呂につかり、色づいた風景など見ながら、日本酒を飲む。やがて紅の木々が暮色に沈み、夜がおとずれる。そんな季節の過ごし方に憧れ、長く果たせないままだ。

（２００９・11）

＊ジュリアン・ソレル　スタンダールの『赤と黒』の主人公
＊紅茶に浸ったマドレーヌ（プルーストの長編小説『失われた時を求めて』）を食すと、昔の記憶が次から次へと蘇る。

荻窪の悪ガキだったころ

昨晩、井上陽水さんの『少年時代』を聴いて、忘れかけていた荻窪がふと蘇った。昭和28年から10年間、荻窪の社宅に住んだ。13歳まで住んだことになる。中央線だと高尾駅（旧浅川駅）に向かって、右の北口に稀代の文章家の井伏鱒二さんが住み、左の南口には肉体文学の田村泰次郎さんが住んでいた。ボクが住んでいた荻窪の社宅は駅の南口にあった。ちょうど、荻窪と西荻窪の中間くらいで、やや荻窪よりだった。住宅の風格だと、北が上だと思う。けれど、南口の方にも、瀟洒な屋敷町が広がっていた。荻窪にもまだ、詩情の名残があった。

休日の昼下がりには、陽だまりの中を、有名な財界人がボルゾイを散歩させていた。和服の田村泰次郎さんも巨軀をだるそうにして、散策をしていた。そんな光景をしばしば目にした。秋の日暮れは、風が強かった。また、そのような文章を読んだ記憶もある。ところどころに、畑や空き地が残っていた。

高井戸には、よく遊びに行った。駅は高い堤防の上にあった。ゴミの焼却炉など、まだなかったころだ。高井戸には疎水が流れ、沼もあった。背の高い葦が群生していた。沼は深くはなかったが、夏の陽光のもと、藍の帯を流したような色だった。

荻窪の小学校には、プールがなかった。道草する学校の帰り道、道端にピンクの夕化粧が咲いていた。中学校も団塊の世代の次だったので、木造のバラック校舎だった。やっぱりプールがなくて、中学3年の終わりの頃、つくりかけだった。その頃は転居して、武蔵小金井から越境通学していた。あちこちに、防空壕があって、恥ずかしい阿漕な悪戯をよくした。とても書けない。

荻窪駅の北口には、マーケットがあった。トタン屋根のバラックだったけれど、夕暮れになると買い物籠を下げた若いお母さんたちで賑わった。マーケットは、ヤミ市の雰囲気を留めた裸電球だったと思う。

南口にはストリップ劇場があり、その周辺は商店街だった。電信柱には、ストリップ劇場の張り紙がしてあった。小学生だったボクたちは、興味津津で、目立たないようにして、じぃーっと眺めた。黄昏になると、ストリップ劇場そばの外燈が、そこだけポッと黄色く灯った。その頃の夕餉が混じった空気の匂いが懐かしく、今も忘れない。

（2009・12）

双葉十三郎先生を偲ぶ

初めて双葉十三郎先生の文章を読んだのは、1960年の秋だった。場所は荻窪2丁目の角の床屋さんで散髪して、その隣の本屋で『スクリーン』誌連載の『ぼくの採点表』を立ち読みした。前髪パッツンの坊ちゃん刈りから、生まれて初めて横分けに変えた日だ。すこし大人になれた様な気がして、なんか得意で、うれしくてうつむいて笑った。照れくささもあったが、にわかに色気づいた頃だった。でもその時は、まだ『ぼくの採点表』の書き手が双葉先生（以下、先生と略）だとは記憶しなかった。

そして数年が過ぎた。中学生の休憩時間には、「M・Mはマリリン・モンロー、B・Bはブリジット・バルドーで、C・Cは誰だ」というような、知ったかぶりの遊びをよくした。C・Cこと、クラウディア・カルディナーレは、『ブーベの恋人』でよく知っていた。映画のテーマ曲は『ザ・ヒットパレード』で、大好きだった園まりさんが歌っていた。「女の命は　野原に人知れずに咲く花よ」だったと思う。マイナーコードの曲だった。レコードも、下井草の頃に買った。クラウディア・カルディナーレの『ブーベの恋人』の映画評は、『ぼくの採点表』で読んだ。

淀川長治さんが編集長の『映画の友』の先生の文章は、お洒落会話に溢れ、読んでいてウキウキした。たとえば、ルネ・クレマン監督の『危険がいっぱい』だと、「ドロン君がドロンする話」というようなサブタイトルがついていた。まじめくさった風で、実はとぼけたユーモア批評文にひたすら憧れた。先生が書くと、際立った都会的ユーモアの洗練があって、雑誌のそこだけに陽が当たったようだった。立ち読みだが、何度も何度も、噛みしめるように熟読した。大学に入った頃に、ＳＲの会員だった友だちから先生の「『疑惑の影』を分析する」（アメリカ映画）を借りて読んだ。これは瞠目すべき批評だった。ヒッチコックのサスペンス醸成技法について、絵コンテが書かれ、カットごとに具体的にサスペンス醸成方法の分析がなされていた。

ヒッチコックが『北北西に進路をとれ』の宣伝のために来日した時の『ヒッチコック・マガジン』の座談会の記事も読んだ。先生はヒッチコックに向かって、「北北西に進路をとったら、三十九階段（『三十九夜』）が見えたのは錯覚でしょうか」と尋ねた。『北北西に進路をとれ』の原型は、同じヒッチコックの旧作『三十九夜』だと知ったのは、ずっと後のことだ。

先生の面目躍如である。軽妙洒脱、一言で的を射抜く。シャープな感覚の大胆な質問だった。それと較べれば、トリュフォーのヒッチコック・インタビューなど、手緩い。おっかなびっくりの迎合が見え隠れする。でも、それは映画ファンなら当然だった。また、B・ワイルダー監督の『情婦』の有名な光る片眼鏡によるシークエンスを、教唆犯まがいだと喝破したのも、先生が最初だったと聞く。

切れる批評は、日本映画月評でも明らかだ。小津安二郎の『風の中の雌鶏』を「床の間の置物みたいな作品」と評した。黒澤明の『静かなる決闘』は、「静かすぎて、枝ひとつ動かない始末」と書いた。先生は東大経済学部を卒業して、住友本社の調査課の課長まで勤められた。映画批評は学生時代からずっと続行していたが、親孝行のための就職だったという。自宅の庭に焼夷弾がいくつも林立して、消火しているときに、これで死んだと思えば映画批評一本に絞ってもよいなと、考えたそうだ。

先生が本当に素晴らしいのは、差別なく、というよりむしろ嬉々として、埋もれたB級・C級のプログラム・ピクチャーを紹介してくれたことだ。たとえば、学生時代ならSFファンならドーゾの『地球爆破作戦』や、ミステリの『ポーラの涙』など、楽しい小佳作をほめて紹介してくれた。同じく、『殺しの接吻』は今でも、飯田橋の小汚い時代のギンレイホールで観たときの興奮が忘れられない。先生のオススメ作品を観るために、今日は千葉方面へ、明日は横浜の映画館へと、あちこちで映画を観て歩いた。このような作品評は、『キネマ旬報』などでは、ゼッタイ採り上げられることはなかった。

さらに歳月は流れ、バリー・レビンソンやウォルター・ヒルは言うに及ばず、たとえばC級作家だが、結構いけるハワード・ドゥイッチやドナルド・ペトリーなどを知る。実は、双葉評を読むコツがある。同じ☆☆☆の評価でも、先生の好みが隠し仕事のように潜んでいる。20年、30年と長く愛読していると、褒めていなくても、ああ、この映画はお好きなのだなとわかる。まさしくアウンの呼吸である。

愛読しているうちに、先生が犬好きであること、ゴルフ好き、アメリカン・フットボール愛好家、シェークスピアに造詣が深いこと、格闘技がお好き、なども仄見えてくる。今では、好みの犬の種類までも解かる。かつては、シャーリー・マクレーンがゴヒイキ女優だったけれど、スーザン・サランドン、比較的最近ではメグ・ライアン、ミシェル・ファイファーやメラニー・グリフィスも御贔屓だった。

双葉ファンならではの読み方だと、クリスティ・マクニコル、ダイアン・レイン、そしてユマ・サーマンがタイプであったのが解かる。一番お好きだったのは、近いところでは、ドミニック・サンダにトドメを刺す。そのうちに、武蔵小山の先生のご自宅から試写室までの通勤ルートや朝のたまごかけご飯が好物なのも知る。こうなると恋愛感情こそないが、まさにストーカーである。けれど、ボク自身は、「趣味は双葉十三郎研究」だからだと思っている。先生のミステリ好きはあまりに有名なので、ここではもう書かない。

ずっと批評を読み続けていると、辛いことにも気づく。90年代に入ってから、よく画面が暗いとか、耳をつんざく音響についての不満を読んだ。ああ、目の調子がよくないのかもしれないとか、補聴器の調子が悪いのだろうかなどと胸騒ぎがした。

大学生の頃、先生を大学の学園祭の講演にお呼びしようと、双葉家のご自宅まで電話をかけたことがある。それこそ、ふるえる指でまわした。お上品な奥様が出られ、学生にも優しく丁寧に接して頂いた。「主人は座談会ならよいのですが、講演はしたことがない」と申し訳なさそうに話された。今思うと、あの奥様が上野の音楽学校を出られて、ピアノを弾かれたのだなと思う。どうして講演会ではなく、座談会に切り替える機転がきかなかったのだろうと悔やまれる。でも、先生のお声こそ聞けなかったけれど、ボクには大切な、思い出深い一コマになった。旧臘《きゅうろう》（２００９年12月）に、先生は遠い国へと旅立たれた。

ボクの手元には、夭折されたミステリ・映画評論家の瀬戸川猛資さんが編集された『ぼくの採点表』と『日本映画批判』（トパーズプレス刊）が残った。昨日、最初期の「日本映画創作上の諸問題」という論文を読み返した。衣笠貞之助監督の『鼠小僧次郎吉』に触れ、「モンタージュは殊更に不自然化されたコンティニュイティ上の問題にすぎず、唯物弁証法を通じてのみ理解される」と書かれていた。これこそ、映画理論である。22歳の若書きだから、やや生硬だが、現役の東大生が書いた切れと才気が横溢していた。けれど、軽いフットワークと楽しいお遊び心満載の先生であってくれて、よかったとつくづく思った。

30年代からずっと変わらずに、次から次へと古今東西の様々な映画を批評し続けた先生の功績は、計り知れない。先生を慕う映画評論家がとても多いのも合点がゆく。そして、いつも本屋で胸を躍らせて、先生の『ぼくの採点表』を立ち読みしていた少年たちは、幾世代も越えて夜空に散らばる星の数ほどいるに違いない。ボクもその星の片隅のほんの小さなひとつになれれば、とても幸せである。願わくは100歳までという望蜀の願いが、なかったかといえば嘘になるが、いつかはお別れしなければならない。長い間、ご苦労様でした。どうぞ、ゆっくりお休みになってください。

先生が原作・構成をされた『日真名氏飛び出す』の、夜の街のエンドロールに流れたグレン・ミラー楽団の『ムーンライト・セレナーデ』を、これからゆっくりと聴くつもりだ。

小学生低学年だったボクは、このエンドロールを観て、なんて都会は素敵なのだろうと思った。その気持ちは今も変わらない。

(2010・1)

＊SRの会　1952年設立のミステリ好きの会員組織

深夜の京王線

川上弘美さんの『此処 彼処』の文庫本を買う。これって、日経新聞の日曜の囲みコラムで楽しみ、ハードカバーの一冊の本でも読んだ。3度、楽しむことになる。

浅草の喫茶店のエッセイの中で、ボクの名前の喫茶店が出てくる。川上弘美さんの見立てでは、ボクの名前の男の性格は、「心に闇をかかえながらも、大胆に勤勉に生きるタイプ」だとある。実は、生まれてから、一回も勤勉と言われたことがない。大胆に似た言葉なら、鉄砲玉とはよく言われた。心に闇は、断じてないと思う。いや、そう思いたい。

昔のDVDばかりを観ている。よく知っているころの東京の風景が懐かしい。『すてきな片想い』を見ていて、初期の野島伸司さんは和製ジョン・ヒューズだったのに気づく。『愛という名のもとに』だけ、『セント・エルモス・ファイアー』が、かなり入っていた。『すてきな片想い』では、京王線が堪能できる。府中競馬場正門前の通勤風景が、繰り返し出てくる。

十代半ばから三十代半ばまで、武蔵小金井と府中の中間あたりに住んでいた。とはいえ、「懐かしさの一歩手前で、こみあげる苦い思い出」など何もなく、ウイークデーの閑散とした府中競馬場正門前駅のベンチに、心地よく座った思い出にしばし浸る。ヒロインの中山美穂さんが、京王線の電車の扉に鞄をはさむ冒頭は、東府中駅だった。渋谷の丸井や銀座博品館のTOY PARKまで見れた。主人公達がビアホールで待ち合わせ、毎晩、深酒してタクシーで府中まで帰る。ボクとまったく同じだ。気分は25年前に戻った。

新宿で深酒すると、よく京王線で帰った。府中駅の方が武蔵小金井より、タクシーがつかまえやすかったからだろう。よく寝過ごした。京王多摩センター行きだと調布駅で降りて、京王八王子行きへ乗り換えなければならない。けれど、そのはずが、いつも深い眠りに落ちる。いつの間にか、電車は京王多摩川を過ぎて、気がつけば、夜中の多摩川鉄橋を渡っている。遠いようで、近くに聞こえたあの風切り音は今でも、覚えている。闇は、心ではなく、闇の多摩川なら深い縁があった。深夜の京王線が深夜の多摩川を渡り、走る。

「弁慶シクシク夜川を渡る」

弁慶は闇の川が怖くて、シクシク泣きながら川を渡るタイプだった。というのは、嘘である。正しくは、「鞭声粛粛夜河《べんせいしゅくしゅく》を過《わた》り」だ。

なべて青春はさみしく、財布はもっとさみしく、多摩川鉄橋をこえた時の途方もないさみしさは今や、青春のレクイエムである。有人改札の時代に戻り、ウイスキーを飲みながら、ソファーで寝ころがり、タバコの火の焼け焦げを気にした頃に戻りたい。深夜の京王線に乗ることは、これから先、あるのだろうか。

（２０１０・６）

素敵な午後は

　待ちあわせの人が大幅に遅刻するとのことで、ホテル内の喫茶室で文庫本を読む。椅子がゆったりして、フカフカのせいか、読みふけり、最後まで読んでしまう。最近ではめずらしい。近くの席の披露宴にお呼ばれらしい服装の若い女性たちが、目の隅に入る。

「素敵女子ですよね」とか話している。「素敵女子」とは、ヘンな日本語だ。外国の人か…と見やると、立派な日本人女性だ。どこが立派なのか意味不明だが、おバカな感じの方々ではない。しばらくして、「素敵女子」という言葉は、どこかで聞いたのを思い出す。それも直近だ。しばし老化現象防止のため、必死で記憶を呼び起こす。ドラマ『ホタルノヒカリ』で干物女こと綾瀬はるかさんが、国仲涼子さんを「素敵女子」だと言っていたのを、やっと思い出す。思い出せるとなんだかうれしい。

素敵という言葉が、ボクは好きだ。伊東ゆかりさんの『すてきな16才』、ジョニー・ソマーズの『すてきなメモリー』、竹内まりやさんの『すてきなホリデイ』、坂本九さんの『ステキなタイミング』など、ぞくぞくと素敵で始まる曲名を思い出す。ボクの記憶力も捨てたものじゃない。ハッピーな気分になる。『素敵な午後は』というのもあった。山下達郎さんだ。

素敵な午後に、早緑《さみどり》が濃くなった有栖川公園を眺め、散歩をしたことがある。自転車で豪快に走り、そのまま公園に入っていく女子がいた。道には、外国人のカップルが多い。犬の散歩やベビーカーを押す若奥さんもいた。坂の上の中国大使館のそばには、タバコ屋やパン屋があった。東京タワーが女性のロングスカートのように、正面に見える。高級マンションもあったけれど、お寺もあって、その頃の六本木には気品があった。

今はどうなっただろう。行きたくもあるが、たぶん、ヒルズやミッドタウンでにぎわう見知らぬ街になっているに違いない。

（2010・6）

『ニュー・シネマ・パラダイス』の完全オリジナル版

『ニュー・シネマ・パラダイス』の完全オリジナル版を見て、うら若き女性は、「これだから男は後ろ向きの人生なのだ」などとのたまう。半面の真理だが、ならば男はかよわいとか、いとおしいとか思ってくれないのか。

35歳くらいまでは、ずっと農耕民族的定住生活を続けた。勤務先の会社は5年から8年サイクルで本社所在地を変えるという、まことに遊牧民的な企業だった。その影響を受けてか、35歳を過ぎたあたりから、計7回引っ越している。

すっかり、遊牧民族的生活となった。趣味も同じく、遊牧民的にあれこれと手を出し、すぐに新しい興味へと移った。「井底の蛙、大海を知らず。されど、空の深さを知る」そうである。ボクは行き当たりばったりの生き方をしてきたが、それは「脱出願望」のようなものに根ざしているのかもしれない。大好きな映像作家の蔵原惟繕監督も、「広い世界へと脱出するための仮の停留地」を描いた作品をたくさん、つくった。ジュゼッペ・トルナトーレ監督の『ニュー・シネマ・パラダイス』も、脱出をテーマにした作品だ。それでは、蔵原監督もトルナトーレも脱出に成功したのかといえば、脱出未遂と言ったところである。けだし、願望のゆえんである。

アルフレードは、トトに言う。

「もう、この村には帰ってくるな。長い年月帰るな。

人生はお前の見た映画とは違う。人生はもっと困難なものだ。

町を出てローマへ行け。帰ってくるな。

ノスタルジーに惑わされるな。すべて忘れろ。

私の家には、帰ってきても迎えてやらない。

自分のすることを愛せ。子供の頃に映写室を愛したように」と……。

アルフレードの葬式に出席するために、30年ぶりに、ローマで成功を収め大監督になったトトがシチリア島に帰ってくる。島の村はなに一つ変わっていない。人々が老い、構築物が老朽化しただけである。廃墟となった思い出の映画館が爆破され、崩落していくシーンは、未完結なままだったトトの青春の埋葬であり、レクイエムでもあった。そして、アルフレードが墓場まで隠し持っていくつもりだったことが、明らかになる。果たして、アルフレードの作為は正しかったのか。

『ニュー・シネマ・パラダイス』の完全オリジナル版は、脱出の果てに、愛の不毛を見ることを描いた作品である。つまり脱出のテーマが、美しいが壊れやすい愛と結びつき、人生や夢の儚さを描いている。人間は何かを手に入れると、何かは失うことになるというようにも見て取れた。選択すれば、必然的にそうなる。

ジュゼッペ・トルナトーレ監督は『海の上のピアニスト』でも、逆説的な脱出を描いた。脱出を峻拒する主人公は、外界に出て他動的に変化するのではなく、変革を自分の中に起こさねばならない。主人公は内部世界の変革には成功したけれど、脱出することはなく、閉じた世界での死を選ぶ。トトも、『海の上のピアニスト』の階段を下りかけて戻ってくる主人公も、99日目の夜に立ち上がって去る兵士と同じである。みな、脱出未遂に終わる。

ジュゼッペ・トルナトーレも蔵原惟繕監督も、映像の切れや叙情的作風にも共通するものがあるが、愛の不毛を描いた作家のように思う。蔵原惟繕監督の『硝子のジョニー　野獣のように見えて』は、アントニオーニの『さすらい』がその原型であった。『ニュー・シネマ・パラダイス』の完全オリジナル版では、映画館で上映される名画の中で、『さすらい』は中核に据えられていた。

苦いことだらけのように書いてきたけれど、『ニュー・シネマ・パラダイス』の完全オリジナル版でのラストシーンは、忘れかけていた大切なことがあると語っているようにも思える。

人にはそれぞれ、今まで気付かないままに過ごしてきた、未知なる人生の面白さがあるはずだ。少なくとも、それを見出そうとする努力をせよと、ボクにはそう聞こえた。

（2010・7）

ピザまんに勝ったな

食べ物に意地汚く、ハマりやすい性格である。

今、凝っているのが、ある店のニラ餃子だ。この餃子は、一人二役の味わいがある。多羅尾伴内の7つの顔には及ばぬが、味は確かだ。あるときは肉まん、そしてまたあるときは餃子。この一人二役を同時進行で演じる。より具体的にいえば、外見は肉まんだが、中身はニラ餃子の具である。見た目と食感は、湯気を立てたふっくら、ほかほかの肉まんだ。食すと、肉まんのはずなのに、ニラ餃子の味がする。

この方法論的アンビバレンスが、素晴らしい。シュウマイを食したら中味が餃子だったら詐欺みたいだが、今回の場合、外面とのギャップが圧倒的な感動をもたらす。

肉まんのような皮が抜群にうまい。皮がふかふかで、ほんのりと甘い。アプリコットなのか、正体不明なれど、仄かに爽やかな香りがする。そして、いつも日陰の身だったヘタレで、ネクラなニラが堂々の主役である。豚挽き肉も混ざっているが、むしろ、こちらは脇である。

ピザまんに勝ったな。ざまーみろ、ピザまん。ピザまんなんか、大嫌いだ。いや、むきになって恥ずかしい。取り乱した。

はてさて、ニラ餃子のマイ・ブームはいつまで、続くのか。考えれば考えるほど、わからなくなる。

（２０１０・８）

多田富雄先生を偲ぶ

2010年4月21日、多田富雄先生が逝去された。享年76歳だった。

多田富雄先生の『ダウンタウンに時は流れて』は、自伝的エッセイとのことだが、紛う方ない青春小説の傑作だ。1960年代の初頭のデンバーを舞台に、三つの短編が並ぶ。読書中にペトゥラ・クラークの『ダウンタウン』のメロディーが、頭の中で鳴り響いていた。読み終えた後も、楡の木が大きく枝を広げ、夏の光が疎らな芝生をリスが走るのが、目に見えるようだった。あるいは、夕暮れのラリマー・ストリートを彷徨する若き日の著者の姿が浮かんだ。平易な文体だが、気品のある美しい文章を久しぶりに読んだ気がした。

免疫学者の多田富雄先生を、『免疫の意味論』（1993年）で知った。同じころ、生命誌の中村桂子さんや唯脳論の養老孟司さんなども読んだ。もう、15年以上前になる。1年間くらい、生物学関係の書物を読み漁った。

多田富雄先生は難しいことを易しく書いてあるので、実は何も解っていないのだが、解ったつもりにはなれた。認識の起源は、自己（Self）を知ることにほかならない。つい調子づき、認識のメカニズムは組織適合抗原に委ねられることを読み、愚かにも解ったつもりになる。私という「自己」は次々と遭遇する新しい体験に揺さぶられながら、昨日も今日も、そして明日も基本的には、同じ「私」が存在することを学ぶ。

やがて長野敬先生の生物学の入門書を読んで、サプレッサーT細胞の発見が多田富雄先生だったことを知る。ヘルパーT細胞は過剰な情報活動により、B細胞の抗体生産を促す。サプレッサーT細胞は、ヘルパーT細胞による過剰な免疫反応を抑制する役割を担う。

多田先生は2001年、脳梗塞で倒れられた。すぐに半身不随状態で、死の淵をドキュメントした『寡黙なる巨人』を書く。凄絶《せいぜつ》すぎて、しばらく、ううと呻いてしまった。そして、重度の障害をもちながら、回想の中でデンバーを思い出し、キーボードを叩き、冒頭の青春のレクイエムの秀作を綴った。

私事だが、95年の正月、箱根ホテル小湧園の恒例の「プログラミング・シンポジウム」に参加した。まったくの畑違いだが、業務命令だから仕方がない。だが、僥倖もあった。多田富雄先生の招待講演を聞けたからだ。当時、多田先生は、東京大学を退官され、東京理科大学の生命科学研究所の所長に就任されたばかりだった。

『免疫の意味論』のスーパーシステムの話が講演の主題であった。ボクは、ビクビクしながら、バレーラの自己言及性について、質問をした。多田先生はバレーラとはパリで共同研究したこともあるそうで、愚問にも丁寧に解説して頂いた。ついで、オートポイエーシスについても、平易な説明をしてくださった。講演が終わると、上品な女性（奥様だと思われる）に連れ添われ、すぐに車で帰られた。ボクもこれ以上、長居は無用と会場を後にした。

多田先生は病気にはなられたが、先生が尊敬されたイェルネのような不幸な晩年でなく、倒れられた後でも、医学以外の有り余る才能を発揮された。まことに豊穣な晩年だった。

今は、大好きなペトゥラ・クラークの『ダウンタウン』を存分にお聴きになられていると思う。合掌。

（2010・8）

*バレーラ　チリの生物学者で、オートポイエーシスの提唱者
*オートポイエーシス　円環のネットワークが自己と外界（非自己）の境界を自ら決定する
*イェルネ　ノーベル賞受賞の免疫学者

近くのコンビニまで

まったくもって暑い。夕方近くになったので、満を持して外出する。駐車場の空いているスペースを斜めに横切って、近くのコンビニに行く。住宅の葉叢に白い芙蓉が咲く。丸顔の花だが、どこかさみしげな風情がある。

コンビニで、バージニア・スリムＤＵＯ（VIRGINIA SLIMS/DUO）というタバコを見つける。タバコを止めて、４年になる。いまや、電子タバコの時代だ。バージニア・スリム・デュオ・メンソールのパッケージは、洗練されたかっこよさがあった。マレーネ・ディートリヒやシャーロット・ランプリング、我が方なら小泉今日子さんあたりが吸ったら、似合いそうだ。でも、みな、ボクの大好きなタイプかといえば、それほどでもない。

バージニア・スリムの昔の広告を知っている。You've come a long way, baby. 今のボクの心境にピッタリだ。「思えば、はるばる遠くへやって来てしまった」というのが、実感だ。

それは移動した距離でもあり、流れた時間でもあり、来し方行く末を思っての感慨でもある。なんだか彩りに欠ける人生である。でも、まっ、いっかと、いつもそう思う。想いは揺れる盛夏の夕暮れだ。

やがて、いつものように悔いを残して、夏が終わる。今年もまた、ススキの原と土手の赤まんまの秋がきっと来る。

（2010・8）

橋本淳さんの詞

練馬区にある高校に通っていたころに、GSブームがやって来た。

GSとは、ガス・ステーションではなく、グループ・サウンズのことである。GSで一番人気のザ・タイガースは、ステージではストーンズをやっていたけれど、それが、結構上手だった。けれど、ここに書くのは、JｰPOPのほうだ。橋本淳さんの作詞が大好きである。最初は、通俗で、意味不明で、外来語多用だと思っていた。たくさん売れたのは、筒美京平さんやすぎやまこういちさんの曲の力だと思った。だが同時代の他の詞は総じて古くなり、物語仕立てに書いた詞など、今の時代となると、とても聞けたものではない。なぜだろう。

通俗と書いた。たとえば、

「胸にのこるローマの雨」

というような書き出しなら、誰でも書けそうだ。ザ・ピーナッツの曲である。また、野バラ、小舟、野菊のような言葉の濫用が、とても気になった。安易な詞であり、同じ言葉の多用は、表現力の貧困だと思っていた。たとえばこうだ。

「流れるような　バラの香り」
「バラの香りが　苦しくて」

というふうだ。前者は『銀河のロマンス』で、後者は『ブルー・シャトウ』である。

意味不明とは、

「シーサイド・バウンド　ゴー・バウンド」である。たぶん、「海辺に行って、ダンスを踊ろう」ということだろうが、しばし考え込んでしまった。ヘンな英語だ。

外来語多用なら、

「オープリーズ」
「シルヴィー・マイ・ラブ」

などである。前者は『君だけに愛を』で、後者は『銀河のロマンス』だ。しかし、なんでどうぞ（お願い）が横文字なのか。どうしてシルヴィーという名の女性なのか。

とても、疑問だった。つまり、はっきりと書けば内容がない詞である。偏差値低めともいえる。そうなのだが、どこかが違う。

たとえば、

「銀河にうかべた白い小舟　あなたと訪ねた夢のふるさと」
「青いしずくは月の涙　恋するぼくらのため息にゆれる」
「長い髪の少女　孤独な瞳　うしろ姿悲し　恋の終り」
「長い坂道の落葉の丘に　やさしいあの人は住んでいるのです」
「風にまかれた私の髪に　野バラの甘いかおりがせつない」
「亜麻色の長い髪を風がやさしく包む　乙女は羽根のように丘を下る　彼のもとへ」

そのうちに、やっと気づく。そうだ、この詞には一瞬の絵がある。絵葉書のようなメルヘンチックな描写なのに、実は、情景がはっきりとスケッチされているから、記憶に残るのだと……。意味づけする説明がないのも、いい。

これが確信にいたるのは、『涙いろの恋』（奥村チヨ）である。

「白い車のあの人が　遠くの町へ」

これだけだが、白い車の絵が、ボクにはマザマザと浮かんだ。この詞の影響を受けて、白い車を買った人がいるという。ボクには、その気持ちがよくわかる。

彼のお父上の与田準一さんの『小鳥の歌』からも引用しよう。

「小鳥は　とっても　うたがすき（中略）

ピピピピピ　チチチチチ　ピチクリピイ」

ははあ、これは、時を旅するＤＮＡが、きっと運んできたのだ。拙文では、ボクが感じている素晴らしい世界が、たぶん伝達できないだろう。だが、橋本淳さんの詞に音がつくと、たまらなく北国へ行ってみたくなる。そんな作詞家は、ボクには他にいない。


（２０１０・９）

『ラストクリスマス』は面白い

ベタな、という言葉が好きではない。

違和感を持つこと自体、時代とずれ出したのだと思う。一昔前なら、ステレオタイプと表現していたかもしれない。考えてみれば、この表現も持って回った言い方だ。物語展開が、ありきたりという意味に理解している。差し詰め、このドラマあたりはベタの典型だろう。月9ドラマ『ラストクリスマス』のDVDを見直した。1話、2話、9話など、堪能して見た。このドラマは初見のとき、全体を通して詰まらなかった。この作品の時代は、「セカチュー」や「いまあい」のような難病・お涙頂戴ものが同時進行しており、そのアンチテーゼの作品も流行した。本作や数年後の『ファースト・キス』がそれだ。

ドラマの骨格は、加山雄三さんの『アルプスの若大将』だ。また車で、マフラーを届けに軽井沢まですっ飛ばす場面は、『私をスキーに連れてって』の一部拝借で、吹雪の中、カローラをとばすシーンを思い出した。あちこちに、『ラブ・アクチュアリー』のパクリが散らばっていた。伊原剛志さんが田中邦衛さんの青大将役だ。けれど、脳天気なバカ息子感がいまいち希薄だ。これは、キャラクターの問題かもしれない。パパ、パパ、パパと連呼しても、また女性に猛アタックをしても袖にされる、田中邦衛さんが演じるトホホな男には、遠く及ばない。オヤジギャグ連発のさむい中年というだけだ。

矢田亜希子さんが星由里子さんの澄ちゃんのように、土壇場に応援に駆け付けると、圧倒的に劣勢だったボウリングが逆転する場面は、若大将シリーズのパロディーになっていた。矢田さんの役には、澄子さんのほかに、『スウィート・ノベンバー』のシャーリーズ・セロンのヒロインに似た、なにか秘密がありそうな雰囲気がミックスしている。すぐにネタバレするので、長く引きずってはいない。ある理由があって、つき合う男をとっかえ、ひっかえしているところが、似ていた。

織田裕二さんが厚紙のフリップに書いたフレーズを差し出すあたりから、ああ、

『ラブ・アクチュアリー』の片思いの告白のイタダキだなと気づく。ラスト近くのクリスマスの日は、コリン・ファースが、恋人のポルトガル人の働くレストランでプロポーズをするシーンのパクリだ。レストランのセットもそっくりだった。エンディング間近に、登場人物が全員集合するダンス場面は、ラストのヒースロー空港での全員集合と同じだった。

でも、中目黒公園は懐かしいし、お台場のメモリアルツリーの場面は、『すてきな片想い』のラストの、きらきらした大きなクリスマス・ツリーを思い出した。振り返れば、ボクは不遇なクリスマスを際限なく繰り返した。こんどこそといつも思ったものだ。この気持ちは、たぶん墓場まで持っていくしかないだろう。

さて、この作品だが、エンジェルスノーをふと掬い取ってしまったり、ラストにかけての全体に仕掛けたミスリーディングは、やはり、脚本家の坂元裕二さんが才人であることを示している。

このような楽しいドラマは、大好きだ。いくつになっても、呆れるくらい進歩しない。

（2010・10）

岡田有希子さんのこと

草食系男子が流行ったと思ったら、今やお弁当男子が流行りらしい。

学生時代、お弁当持参の野獣と言われたボクは、さしずめ今なら、どういうポジションだろう。興味深くもあり、今の時代なら、もっとパッとしない若者に違いないという確信めいたものがある。実際、イケメンの若い男性がかなり増えた。

秋の今ごろの季節になると、前に勤務した会社の麴町4丁目界隈を、毎年思い出す。中央線の四ツ谷駅から歩いても遠くないが、朝は、会社まで赤坂迎賓館側の出口からタクシーに乗った。今の季節は、ユリノキの街路樹の半纏《はんてん》のような黄褐色の葉やニューオータニ前の銀杏並木の黄葉が楽しめた。直進し、ホテルニューオータニの手前を左折して、紀尾井坂を下る。文藝春秋の交差点を過ぎ、少し半蔵門よりに進むと勤務先だった。

新宿通りの麹町4丁目の信号を渡ると、おいしいおでん屋があった。新宿方面に更に先へ行くと、外苑通りや外苑西通りとクロスする。外苑西通りとの交差点には、松田聖子さんたちが在籍したサンミュージックの建物があった。

1986年の5月の連休のころだったと思う。当時、東京サミットがあり、警戒が著しく厳重になった。会場の迎賓館に向けて、ロケット弾が発射されたから、なお更だった。タクシーで紀尾井坂を下るあたりで、警察官たちに車をとめられた。じぃーっと窓越しに顔を観察され、タクシーのトランクの中まで調べられた。ここまですれば、大丈夫だなと思った。中曽根首相、レーガン大統領、サッチャー首相、ミッテラン大統領のころだ。

東京サミットの1カ月前に、四谷四丁目交差点で、岡田有希子さんが亡くなった。その日の夕方、ボクは紀尾井坂から上智大学横の桜堤沿いに帰った。桜は満開で、当時はもう若くないと思っていたボクは、悲しい気持ちで桜の梢を見上げた。直前まで歌われた『くちびるNetwork』は、とてもリズミックで素敵な曲だった。歌詞は俗っぽくて嫌いだったけれど、そのミスマッチもあって、大ヒットした。

岡田有希子さんは華美でなく、どちらかと言えば地味なタイプだが、ミュージックシーンを鮮やかに駆け抜けた。透明感が好きだった。だだっ広い原っぱの只中に、気持ちよく風に揺れる淡彩の秋の花を見ると、彼女を思い出す。合掌。

（２０１０・10）

さらば愛しきクサヤ

マンション暮らしになってから、クサヤを食べていない。クサヤを焼くと、尋常じゃない異臭が充満する。なれないと、卒倒しそうなくらいの臭気である。初めてのときは、ガブリと齧ると、一瞬、お腹をこわしたような匂いが口中を駆け巡り、のけぞるというより、途方に暮れた。けれど、これが病みつきになる。

こ奴をマンションのベランダで焼いたら、さぞ美味だろうが、わずかな煙だって、怒鳴りこまれるか、そうでなければ通報されるに違いない。第一、恐る恐るではなく、堂々と焼きたい。こ奴の難点は買ったはいいが、電車やタクシーでは持ち運びできないことだ。最近では、細かくちぎった瓶詰めなどあるが、あれは邪道である。第一、卑屈ではないか。ネット検索すると、真空パックが、オススメだそうだ。そうした記事を読むと、我慢しきれないほどの食べたいという衝動が、津波のように押し寄せてくる。

願わくは、新島産の青ムロ鰺がよい。絶品だ。クサヤはかなり硬いから、木屑のように少しずつ大切にこそぎ落とすように削って食す。一瞬だけドッボにハマったようになる。ドッボとは、肥溜めである。そしてじわじわとお上品で、ほのかで繊細な味が口中に広がり始める。

ムハハハ。この悦びを知らぬ、世のバカ者がいかに多いことか。不憫な奴め。しばし優越感にひたる。アツアツのごはんに、やけどをしそうなほどのほうじ茶をそそぎ、三つ葉を散らして食す。白ゴマを入れる人もいるが、これもまた邪道だ。

クサヤは部位によって、味がビミョーに変化する。味の七変化である。ああ、これぞ、人生のいつくしみ方のきわみではないか。「この胸の　このときめきを　あなたは笑わないで欲しいの」という心境である。

クサヤを知らぬ人生は、なんと彩りに欠けるのだろう。だが、集合住宅では、当分の間、さらば愛しきクサヤである。まことにツーコンだ。

（２０１１・１）

ボクはフォークダンスができない

こだわりを残したまま、手つかずのまま、何もしていないことについて考えた。すべてに女性が関連する。

第1に、淡い感情を抱いた女性には、誰一人、自分から電話できなかった。

第2に、女性と一緒に、ケーキを食べたことがない。

第3に、女性とデパートに出掛けたことがない。

第4に、フォークダンスをしたことがない。

以上、4つだ。本当の意味で、ダメ男だ。若いころは、軟派《なんぱ》なんて男の沽券にかかわると嘯いていた。けれど、憶病だっただけだ。まことに、情けない。会社員時代に、先輩のOLから、「生まれる時代を間違えたんじゃない」と呆れられた。

子供のころから、女子と喋れなかった。目つきは反抗的だし、行動は粗暴だった。

だから、フォークダンスなどできるわけがない。その気になっても、女子はみな、逃げたに違いない。その一方、女子と気楽にお喋りする男など、ろくなものじゃないとも思っていた。ごくまれに、美しい優等生の女子たちが、優等生特有の全方位から、話しかけてくれた。きまって、ボクはカッと血が上り、赤面した。

異性から無視され続けたコンプレックスと自意識過剰の複合だから、このビョーキは治るわけがない。だからフォークダンスなど、とても無理だ。オクラホマミキサーなど、異性の肩に手をまわし、踊り、うやうやしく礼をして、パートナーが変わっていく。ああ、そんな恥ずかしいことは、ボクには死んでもできないと思った。事実、その通りの人生になった。

北村薫さんの作品に、茜色の空が暗くなるころにかけて、校庭でオクラホマミキサーを踊るのがハイライトシーンの長編があった。作品では時空を超えて、心だけ17歳の高校生に戻る。

50歳を過ぎてから、当時のことを思い出した。運動会ではなく、林間学校のキャンプファイヤーだった。夏の夜はすでに暗く、遠くで車の走る音が聞こえた。場所がどこだか思い出せないが、たぶん山梨県だったようなかすかな記憶がある。火柱が立ち、火がパチパチとはぜる音がした。ボクは宿の2階から、誰からも邪魔されないで、たった一人悄然として、移動していくオクラホマミキサーの輪の流れを見ていた。炎に照らされた夕闇の匂いは、さみしく、せつない。

フォークダンスを踊ることは、もう一生ない。3つの高等学校にはさまれた集合住宅に住んでいるので、まれに、オクラホマミキサーのBGMが風に乗って、聞こえてくることがある。そんなとき、今も、宿の2階の窓から見下ろした中学のころの夏の夕闇を思い出す。かすかな悲しみと、負け惜しみだろうが、あれはあれでよかったのかもしれないなとも思う。

（2011・1）

『借りたままのサリンジャー』

つい先日、ラーメンを食べる夢を見た。

その時に思い出した。幼いころに、今、若者に人気らしい新宿の伊勢丹によく行った。デパートの買い物などぜんぜん興味などなく、どこかへ行って、母とよくはぐれて迷子になった。明治通りをはさんだアスターのラーメンを食べるのが、ボクのお楽しみだった。極細麺で、シコシコした歯ごたえがあり、スープはあっさりしていた。その頃は、スープも一滴も残さずに、おいしく飲んだ。

大学に入ったころに、銀座アスターの前は何度も通ったが、中に入ったことはない。子供のころの懐かしい味覚は、昔のままにしておきたかった。当時は、伊勢丹前の明治通りには、トロリーバスが走っていた。三越裏の中央通りには、白十字という電話喫茶があった。各テーブルには、なぜか電話がある。もちろん、突然鳴り出すことはなく、電話で注文をするのでもなかった。赤電話（公衆電話）の時代だ。

洋菓子の思い出だと、荻窪には坂井屋があった。東郷青児さんが描いた幻想的な、子供心にも美しい洋風女性の包装紙で、母がエクレアなど買ってきてくれた。西荻窪の南口には、こけし屋があった。1階が洋菓子屋で、2階が喫茶室だったと思う。生クリームのショートケーキは、高級感があった。50年以上昔だから、この記憶もかなりあいまいではある。


学生の頃に読んだ本で、『日本浪曼派批判序説』がある。ゼミのガールフレンドに貸したままで、この本は、今、手元にない。以前に、『借りたままのサリンジャー』（山崎美貴）という歌があった。駅のホームで、偶然に元カレと出会う。そういえば、借りっぱなしの本があった。けれど、返してしまうと、もう永遠に会えないかもしれない。だから、まだ返さないゾと決意を固めるというような物語仕立てになっていた。憶えている歌詞は、次のところだ。

「借りたままのサリンジャー　いつか返しに行くわ

それまでは恋を閉じ込めて」

橋川文三さんの『日本浪曼派批判序説』は、ボクにはとても難解だったけれど、ずっと後になって、とってもためになった。歌の通りなら、ガールフレンドとの再会はあるのかもしれない。記憶には、浄化作用がある。たしかに、過去は美化しやすい。記憶はバイアスを伴うということだろう。だったら、ボクの書いていることは、偏向の極みばかりだ。

（2011・5）

『Q10』

The night was young and so was he. But the night was sweet, and he was sour.

「夜は若く、彼も若かったが、夜の空気は甘いのに、彼の気分は苦かった」（稲葉明雄訳、1994）。韻を踏んだ、ウールリッチの『幻の女』の有名な書き出しである。

夜の散歩が好きである。もう少し年齢がいくと、ただの深夜徘徊老人になる。これは、シャレにならない。年をとると、苦いこともある。

そういえば、ディクスン・カーの処女作が『夜歩く』だった。夜の散歩には、いくつか思い出がある。酔っぱらった女子を下宿まで送って行った甘酸っぱいのもある。酩酊して、グダグダと歩いたのもある。夜のおいしい空気をイッパイ吸って、帰ったこともあった。どうして夜の散歩を思ったのか。『Q10』で、レイ・ブラッドベリの『生涯に一度の夜』について話していたからだ。

このドラマはすこし、ヤバい。なぜなら、中原中也の詩や、「同じ風は二度と吹かない」など、妙にリリカルで矢鱈と気障なセリフが飛び交う。倉本聰さんというよりも、山田信夫さんの時代に戻ったような錯覚に落ちていく。けれど『ウォーターボーイズ』や『Q10』を、楽しみに観ている還暦を過ぎた老人というのも、傍から見れば、不気味なものだろう。実際、若かりし頃に、『眠れる美女』を読んで、川端康成なる芸術家先生は、なんたる醜悪な老人かと憤慨したものだ。あちらは稀代の天才だが、こちらは凡人だから、なお気色が悪かろう。

春の夜の散歩には、昼にない風景や空気感がある。ブラッドベリの小説では、月灯りの夜に、草いきれが匂う丘に登って、星を見上げ、妻と手をつなぐ。思えば、これもいささか不気味だと思った。夭折したある先輩も、妻との手つなぎを、30歳を過ぎてもしていると云っていた。そうか、生涯に一度の夜は、そんなことがあってもよいのかもしれない。

はだしの似合うマーク・トウェインの町で、暖かい夜に歩く。それも、よいものかもしれない。ボクの人生は、かなり雑駁ではあるが、生涯に一度のことなど、まったく何もない。テリー・レノックスはかくのたまう。一生に一度は、空中ブランコのスイングのような離れ業をしてみせるさ……と。

今夜は、遠い昔に読んだ虫明亜呂無の短編でも探し出して読もう。彼の作品も昭和の太宰のようだった。木皿泉の『Q10』は、そんなヤバいドラマである。

（2011・6）

＊テリー・レノックス　R・チャンドラー『長いお別れ』の登場人物

『GOOD　LUCK!!』を思い出した

昨日の飛行機で東京へ出張、そして守谷の墓参りを済ませて帰った。熊本空港への着陸は、視界不良で困難かもしれないという。ま、まさかね。まあ、大丈夫だろう。羽田のラウンジでは、場合によっては、福岡にダイバートの可能性があるとのテロップが流れる。

おいおい、大丈夫なんだろうなあ。羽田では、まだ余裕だった。時間が来たので、ラウンジから搭乗ゲートに向かう。搭乗口近くにある『サマンサタバサ』のお店が、午後3時過ぎなのにキラキラと輝いている。店員さんが超ミニスカートだ。とても、かわいい。でも、コーヒーは、やっぱり買えない。

機内で、しばし寝入っていたらしい。機内食を食べる気分ではなかった。美味しい紅茶に、桜葉の塩漬けが混じったクッキーを3ついただく。フム、摩訶不思議な味だが、美味い。ガバガバと食した。CAさんが、「クッキーをお食べになりたいご気分でしたか」などと囁く。機内食を要らないなどと、人さまの好意を無にしたせいであろうか。突如、飛行機はガタガタと揺れだす。

熊本空港近くに来て、1回目の着陸態勢に入った時には、視界不良が規定値を超えたようだ。ゴーアラウンドというのか、機体は上昇へと復帰する。まさか離陸の時のように、どこまでも、どこまでも、上昇するのではあるまいな。ワナワナ。

しばらくして、「天候の回復を待って、再度、着陸体制に入ります」との、機長からのアナウンスが流れる。まるで キムタクの『グッドラック!!』みたいだ。

「誰があきらめる」と言った。

「高度なランディングだ。息をあわせていこう」とかのコックピットでの会話は、交わされたのだろうか。

中央スクリーンの前から2列目だが、中央のスクリーンは真っ暗である。丸窓の外は雲海だ。なのに、再度、着陸態勢に入る。本当に、大丈夫かしらん。心ざわめく。

しばらくして、ド、ドドンと、かなりのハードランディングだった。

『グッドラック‼』の雲海の切れ目から、キムタクの「見えた！」「み、見えました」という会話は、コックピットではあったのだろうか。香田キャプテン万歳と、心の中で独り言を言った。

もっとも、ボクには、待っている人など、いなかったが……。

（2011・6）

モヤシソバ

夏休みの夕暮れは、いつもそうだった。

サッカー練習でクタクタに疲れ果て、輪切りのレモンをしゃぶりながら、仲間たちと駅までの道をワイワイガヤガヤと帰った。その頃の西武線界隈は、まだ田園が広がり、疎林ではカナカナの蟬時雨だった。みんなと一緒に帰るだけで、何もないのにやけに楽しい。いつも途中の日本ソバ屋に寄り、日本ソバ屋なのに、ボクはモヤシソバを食べた。その店のモヤシソバは、たっぷりのあんかけがドロリとかかり、ものすごく熱い。

日本ソバ屋を出ると、影法師が細長く伸びていた。マネージャーの女子が袋入り花火を持っていて、路地でみんなに配り、線香花火で遊んだ。男たちがしゃがんで、線香花火のはじっこを握る。だったら、下駄とかサンダルなら、尚よかったのになあと思った。

夕焼けの空に蚊や小さな虫が飛び交って、スカートの影を踏んだとか、いや踏まないで揉める。線香花火は、激しくはぜることもないので、手花火って迫力ねえなと思った。

日暮れの線香花火は、しんみりさみしい。小さな火の玉がふくらむ。マンサクの花のような、細かな線の火がはぜて散る。すぐ、風に流されたように枝垂れた。星ひとつが残ったような小さな玉が今にも落ちそうで、なかなか落ちず、やがて朱色の玉はポトリと落ちた。線香花火は、もうそれっきりしていない。

いつも晩夏になると、昔の日々を思い出す。明日になれば、楽しいことだけがいつも待っていると思っていた。そんな日々もあったのだ。でも今、線香花火をしても、あのさみしく切ない空気と、もしかしたら一瞬の恋のような想いは、もう戻らない。

鈍感だから、今になって、帰らない日々を懐かしむ。


（２０１１・８）

『パパとなっちゃん』

ＤＶＤで、『パパとなっちゃん』（１９９１）を観る。駅前が狭かった頃の、永福町駅の住宅地の風景が楽しい。たまさか、ステンレス製の井の頭線が走ったりしている。やっぱり懐かしい。武蔵小金井に住んでいたころ、吉祥寺で井の頭線に乗り、明大前で乗り換えて、千歳船橋の会社に通った。今や、千歳船橋は高架駅だそうだ。

季節が冬から春の設定のようで、樹木は冬枯れである。オープニングはお正月の風景で、永福町の住宅の玄関前に門松が飾られる。竹３本を松で囲み、荒縄で結んだ立派な門松だ。

失われた日本の風景ってよいなと思う。玄関前のアプローチには、常緑樹が繁り、梅や桜の落葉樹もある。やっぱり、一戸建てはよい。

田村正和さんは、妻に先だたれ、一人娘を持つ父親役である。娘は小泉今日子さんだ。回想シーンで、亡くなった母の五十嵐淳子さんが、ときおり登場する。ソフトフォーカスっぽい映像だが、五十嵐さんが神々しいほど、美しい。アイドル時代より素敵だ。田村正和さんは、ホームドラマがあまり好きではないそうだが、『パパはニュースキャスター』や『パパは年中苦労する』でも、父親役だった。時系列で見ていくと、父親の頑固度がだんだんとエスカレートしていく。『オヤジぃ。』のころまでは、見ている。今回の父親は酔うと、女性をくどいたりする役柄なので、飲むシーンが多い。おでん屋の屋台でイッパイだったり、女性のいるバーでも痛飲する。

『パパとなっちゃん』はホームドラマだが、パパの育児手帳のようなドラマだ。そういえば、このドラマの原型は『パパの育児手帳』（1962）かもしれない。『パパの育児手帳』などと言っても、今の時代、誰も知らないだろう。ボクが、小6から中1のころの、お昼のTBSのホームドラマだ。平日の連ドラなのに、どうして見ているのか不思議だ。でも、しっかり記憶している。

『パパとなっちゃん』は、娘を溺愛し過ぎのドラマである。あまりにも娘に過干渉だ。10年前なら、恥ずかしくて見るのを止めていたかもしれない。待て。今やボクは、孫フィーバーのジイジ感覚になったのか。さすがに、それはない。まあ、娘を持つ父親経験者なら、今見ても、きっと照れくさいだろう。でも、最終回の結婚式前日に、父と娘が二人っきりで井の頭公園をデートするシーンは、すこしせつないが、とてもいいキブンになった。

『花嫁の父』のころから、子供のくせに、父親目線から娘を見てきた。披露宴の混雑で、父スペンサー・トレイシーは、とうとう娘のエリザベス・テイラーに言葉をかける暇さえなかった。帰宅して、シミジミ、さみしさに沈みこむ。その時に、電話がかかってくる。駅から、娘のエリザベス・テイラーが父に贈る最後のおやすみの電話だった。

小学生の子どもながら、ボクはグッと来た。子供の分際で、父性などあるのだろうか。ウム、謎だ。

（2011・9）

枯葉の味

今年のクリスマス・イヴも、やっぱり大した出来事はなかった。

繁華街のしゃぶしゃぶ食べ放題、飲み放題で、しめて3千円なりのお店へ行く。六十代のジイサン3人で、イヴに食べ放題の鍋を囲むのは、さすがに気が引ける。それでも食べてみると、案外、おいしい。おなかがいっぱいになり、満足して2軒目の店に向かう。途中、寄り道をして、奮発してカシミヤのセーターを買う。若い女店員さんが微笑みながら、「今夜はホワイトクリスマスですよ」と言った。たしかに寒いけれど、今のところ、そんな気配はない。

2軒目は、闇にくっきり浮かぶ城の見えるスナックで、瓶ビールを飲む。イヴなのに、焼酎を飲むさみしいおっさんたちで、賑やかだ。みな、ご同輩だ。「夜桜お七」のカラオケの歌が流れる。さみしいおっさんが、気持ちを込めて歌っている。あまり気色のよいものではない。だが、案外、うまい。

でも、「口紅をつけてティッシュをくわえ……」って、歌詞はヘンだ。官能的な女の情念の演歌なのに、外来語は破調だ。でも、坂本冬美さんは森口博子さんらと、アニメ『美少女戦士セーラームーン』のオープニング曲も歌っていた。きっと、前衛の人なのだ。イヴだし、まっ、いっか。

突然、靴下を裏返しにはいていたことに気づく。えーい、知らんふりして、ストゥールに座ったまま履き替えてしまえ。結構ジタバタしながら、履き替えに成功し、ようやくホッとする。

それにしても、女店員さんが言っていた雪とは無縁だなと、闇夜を恨めしく眺める。2粒の真っ赤なつやつやの苺をヘタごと食す。昔、ヘタには雑菌があるから、食すなと教えられたことがあった。ヘタは枯葉の味がした。大島弓子さんの『バナナブレッドのプディング』を思い出す。バナナブレッドのプディングは、「かさかさで、枯葉の味がした」のだった。バナナ大福、バナナマシュマロ（こちらは子どもの頃によく食した）は美味だった。バナナとパンのプディングなるもの、一度食してみたい。

夜更けの街をタクシーで帰るとき、百貨店のアーケードが例年のように、紫に縁どられていた。百貨店の外壁には、森の形のクリスマスツリーが何本か浮かんでいる。これも例年通りだ。きらめく街路樹のイルミネーションは、深夜の何時に消えるのだろう。

雪が降ると言った女店員さんの笑顔が、一瞬、酔った頭をかすめた。

（2011・12）

１９６９年、あなたはどこにいましたか

昨年は５００年、１０００年に一度くらいの災厄の年だった。

大みそかくらいは紅白を見て、ゆく年くる年で、厳かな気持ちでお正月を迎えようと思った。テレビ画面に山下公園が映った。イルミネーションがきらめく光の森になっていた。日本を元気にする応援メッセージだそうだ。暗い海の向こうには、横浜マリンタワーやコスモクロック21の灯が見える。まさしく、ブルーライトヨコハマである。やっぱり、横浜はエキゾティックな街だ。

そういえば、由紀さおりさんとピンク・マルティーニのコラボレーション『１９６９』がiTunes全米ジャズ・チャートの1位だという。快挙である。

『アメリカン・グラフィティ』のキャッチフレーズに「１９６２年、あなたはどこにいましたか（Where were you in 62）」というのがあった。それにならって、

1969年、ボクは何をしていたのだろう。安田講堂など眼中にない、しょうもないノンポリであった。『牝猫と現金』とか、『ジョージー・ガール』などの旧作がかかった映画館に入り浸り、鮎川哲也先生の久しぶりの本格推理小説『鍵孔のない扉』など、読み耽っていた頃だ。

新宿の街では、パンタロンやツギハギのデニムの若者が溢れていた。非モテ一直線のボクの日常生活は高校から帰り、ご飯を食べて、テレビを見て、2階の自室でミステリばかり、読んでいた。深夜の12時を過ぎ、『セイ！ヤング』を聴きながら、卒業試験のため勉強をした。落合恵子さんがレモンちゃんだった頃だ。エスカレーター式の付属高校で、無試験で大学に行けるのだが、1クラス50名のうち10名が3年間で留年した。超低空飛行のボクはいつも、一歩はみでた徳俵でどうにか留まった。悪運が強い。

深夜の3時になると、深夜トラック便の運転手さんをリスナーに想定した『走れ！歌謡曲』がスタートした。早世された成田敦子さんや兼田みえ子さんが、パーソナリティだった。最初に『ブルー・ライト・ヨコハマ』を聴いたのは、『走れ！歌謡曲』

だ。たぶん、小林信彦さんだったと思うが、『上を向いて歩こう』のイントロを初めて聴いたとき、大ヒットを予感したと書いていた。ボクにとっての『ブルー・ライト・ヨコハマ』も、そんな感じだった。ブラスが奏でるイントロにゾクゾクした。繰り返し聴いていると、ポップスなのにコブシが利いていて、いしだあゆみさんのノンビブラートで、特徴的な鼻濁音がなんとも蠱惑《こわく》的だった。

どうにか、大学にもぐりこんだ年が、ボクの１９６９年である。

（２０１２・１）

また、あした

　桜が終わって、ハナミズキの葉だけが目立つ頃になると、ややメランコリックな気分になる。ゴールデンウィークが近い早緑《さみどり》の季節は、子どもの頃からそうなる。

　一応、中心部に近い住宅地に住んでいると思っている。散歩すると、チャリンコの学生がよく往き来する。女子が圧倒的に多い。陽ざしはだんだんと強くなり、チャリンコ女子のペダルのこぎ足も速くなったように思える。なぜだろう。眩しいからか、暑いからか。

　遠い昔、まだ夕方には早いスミレ色の空の下を、行く当てもなく、男友だちとうろうろしていた。チャリンコではない。よそのうちの庭をのぞいたりしながらのんびり歩くと、かわいくて勉強のできる同級生の女子の家を、偶然見つけたりした。誓って、洗濯物などのぞいたりしていない。その家の藤棚の花は風が吹くと、ゆらゆらと揺れた。空気も、気分も、ゆらゆら揺れたような気がした。紫の花はよい香りだけれど、さみしい香りがした。大人になってからは、そんな気分になったことはない。その頃の不安定な気持ちを、映していたのかもしれない。もうすこし大人になると、蜂が飛んでくるのだけが、脅威だった。雑種の犬が、犬小屋からヌーと顔を出した。ヒマを持て余した時間だったけれど、今思うと、楽しい時間が過ぎていった。

男友だちとなんの話をしながら、ほっつき歩いたのかは、まったく思い出せない。しょうもない話なのは、間違いない。自宅近くの十字路のブロック塀の家のところで、「また、あした」と友だちと別れた。別れた後、自宅までの少しの砂利道を歩くと、きまって、いつもさみしい気持ちになって、走って帰った。

（２０１２・４）

大みそか

大みそかから元日は、また寒波が来るという。年越しの寒波だ。年のせいもあるかもしれないが、そういえば冷え込みが厳しい。

年賀状を少し、書く。近くのポストに投函して帰ると、冷たい空気の玄関で、モダン盆栽風の梅が数輪、花開く。緋梅だ。隣には、モダンな盆栽風ミニ門松もある。一応、竹も3本ある。スーパーで正月用のモダン盆栽風のミニ門松を買った時、レジのお姉さんが、「かわいいかですね」と、にっこり笑う。「かわいいのは、あなたでしょう」と言いたいが、恥ずかしくて、とても言えない。

来年の占いは悪くはないが、働きすぎに注意だそうだ。だったら、サボろう。今年は、何十年ぶりに、じっくりと紅白でも見ようかなと思う。どうなるかは、あまりあてにならない。

除夜の鐘を聞き、聞けないときはゆく年くる年の鐘を聞いて、「行ってきます」、「行ってらっしゃい、今年」と唱え、年越し蕎麦を食そう。「すこし愛して、なが—く愛して」というCMが、以前にあった。蕎麦のように、細く仕事をして、長く元気でありたい。

今日は飲むゾ。スケールこそ小さいが、身の丈に合った生き甲斐だ。

（2012・12）

アラ、見てたのね

マンションを出ると、入口にミズキのような白い花がちらちらと咲く。はて、ガマズミにも似たなんの花だろう。越してきてから、初めて咲いた。6年ぶりに咲いたのか。

このところ、いたるところで、うら若きお嬢さんに目撃される。というより、出っくわす。過日、ビジネスホテルの2階の食事処で、刺身と温泉豆腐などで、ビール、日本酒など飲む。夢気分でいると、突然、名前を呼ばれる。振り返ると、高校生の頃から知っている知り合いのお嬢さんが、バイトをしていた。留学から帰って、今日からバイトするとのことだった。今の若い女性は、生活設計がしっかりとできている。昔から、女性は男性よりはるかに大人だった。時すでにあまりに遅いが、今更ながら、思い当たることが馬に食わせるほどある。

病院見舞いが早く終わって、たまには、誰もいない高級ホテルでイッパイやろうと、奮発してタクシーで乗り付ける。3時から4時の中間くらいの、なんとも半端な時間帯だった。オードブルの類なら、喫茶室だって食せるだろう。場違いな高級ホテルへ、おずおずと入る。フロントの若い女性が、ボクの名前を呼ぶ。

「私のことを憶えていますか」と、笑いながら問う。ちょっとだけ、知り合いの女性だった。「知っていますとも……」と答えつつ、あまりに場違いな恰好で来たので、内心の動揺は隠せない。

夜になって、明日のインスタントコーヒーやパンが切れているのに気づく。コンビニへ行く。本当は、前にあった他のコンビニの方がよかったなどと、せんないことをブツブツ言いながら歩く。買いこんでレジに向かうと、これまた、名前を呼ばれる。少し知り合いのお嬢さんが、またしてもニコニコしてレジに立つ。有名人がお忍びで、おそるおそる外出する気持ちが、やっと分かったような気がした。無防備でいるときに、見られるというのは、なんともバツの悪いものだ。

明けて早朝、バナナを買い忘れたのに気づく。バナナは、朝の必需品である。コンビニに行くとき、昨日の知り合いのお嬢さんがまだいるかな、いなければよいなとビクビクしながら、もの思いにふけりながら歩くと、自動扉が勝手に開いた。レジの人は変わっていた。よかった。

江國香織さんに、クリスマスの朝がまだ動き始めた頃のコンビニの短編小説があった。早朝、駆けつけた紺のオーバーに緑のマフラーの女子と、ウエハースのカップのアイスを食べる場面を思い出した。

マンションへの帰り道、ツツジの植栽にムラサキの花が咲く。誰もいない。遠くに、犬の散歩の人が見えるくらいだ。ツツジを摘んで、花の根もとの蜜を啜ると、遠い昔と同じ味がした。

（2013・4）

早歩き

若い頃は、早歩きだった。あまり人と一緒に、並んで歩いたことがない。目的地から目的地へと、なるべく早く向かう。風景や樹木、道に落ちている落としものや女子の服装とか、一切眼中になかった。

二十代の後半になったころ、大河ドラマに、海音寺潮五郎原作の『風と雲と虹と』があった。子供の頃は、早歩きをしながら、雨上がりに見る虹は、ドキッとするほど美しかった。何度も見上げ、しばらくして振り返っても、虹は滲んで輝いていた。それに比べて、風や雲には、なんの関心もなかった。

仕事関係の報告書なども、短時間で書いた。土曜の夜中から日曜の明け方にかけて、一気呵成に書いた。だから、そんなに長いのは書けない。だいたい、構想を立てて書くのは、全く向いていない。思いつきで書く。その瞬間だけ、ものすごく集中するので、鼻のあたまに汗をかいて、〝めんちょう〟によくなりかけた。

そんな仕事の仕方が、四十代の半ばまではできた。若い頃、やすやすとやってのけていたことが、だんだんと出来なくなる。極端から極端に走る性格なので、今は、ゆっくりのんびり歩くし、すこし考えて書く。時折、夜遅くなって、自宅やスーパーまで、一心不乱に歩く自分を発見する。やっぱり、早歩きは、生まれつきの性格なのだろう。

ゆっくりのんびり歩くと、街角のワンピースの女子を見て、あっ、似合わねえと、失礼にも心ひそかに思う。今年の夏は、入道雲なども探したが、見つからなかった。その代りに、ベビーピンクのアイス最中を食す女子をよく見掛けた。ベビーピンクだから、イチゴだろう。イチゴのアイス最中は、今、コンビニのブームなのだろうか。女子しか眼に飛び込んで来ないのは、エロおやじのかなしいサガだ。

金曜に神戸で集まりがあり、翌朝は神戸から茨城空港まで行く。常磐自動車道で、守谷で父の墓参りをして、常磐自動車道から、向島か葛西経由で、夜、羽田から帰る。これまた、年齢のわりに、なんとも過激なスケジュールを立ててしまった。

誰かの受け売りだが、人は毎晩死んで、翌朝に生き帰るそうだ。生まれ変わるのではない。だとしたら、早歩きのクセは、一生、続くのだろう。

（2013・9）

1年後に、須藤薫さんを偲ぶ

巨峰の紅茶など、どんなもんだろうと訝《いぶか》しく思いつつ、一口だけすする。摩訶不思議なフレーバーが口中に広がる。一瞬、この味は、ストロベリーの間違いではないかしらなどと思う。と思っているうちに、名状し難いよい香気と風味がたしかになる。しあわせだ。

YouTubeに、須藤薫さんの曲が増えてきた。これはいいことだと喜んでいたら、コメントの書き込みがみな、過去形だった。昨年の3月3日に、逝去されていた。知らなかった。昨年は、3月5日に、老母がうっかり運転の自転車に轢かれ、救急搬送したり、手術でバタバタしていて見逃したのだろう。我が老母は、奇跡的なカムバックをとげたが、須藤薫さんや彼女とも縁のある大滝詠一さんも急逝された。ほぼ同世代の年長と年少の死去は、心中に、穏やかならざるあわただしい風が吹いた。心から合掌。

遠い昔から須藤薫さんが、ご贔屓なように書いているが、本当は、リアルタイムではなにも知らない。コンサートも行かず、アラ還のとき、80年代ポップスを、YouTubeで聴いてから、ＣＤを買った俄ファンにすぎない。けれど、気持ちよく起きた朝、新聞やゴミ出しなどで階段を降りるときに、無意識に『涙のステップ』や『セカンドラブ』を口ずさんでいた。

須藤薫さんのベストアルバムが発売されたころは、千歳船橋本社が麹町本社へと移ったころである。そのころは友人たちもまだ独身の頃で、会社が終わると、おいしい刺身でイッパイやったあとで、『ビッグベン』というパブで、ウイスキーやビールを飲んだ。バイトの可愛いＯＬサンもいたが、こっちは色気抜きで、野郎同士で、どうでもよい話をしていた。何の話をしていたか覚えていないが、勿体ない事をしたものだ。茄子のオイスターソース炒めとかフライドポテトで、水割りを飲んだ。

友人と別れ、地下鉄麹町駅入口の向かいのラーメン屋で、締めの札幌ラーメンを食し、そこでまた、ビールを飲んだ。もう電車では、帰る気にはならない。タクシーで、首都高の外苑から高速に上がってもらうか、運転手さんの趣味で、神宮外苑を回って甲州街道で帰ることもあった。仕事をして、そして飲んで帰る日々だったから、須藤薫さんのことは何も知らない。

還暦前はそう思っていた。だが、違った。映画の『私をスキーに連れてって』の印象が圧倒的に強いが、スチール・ギターの間奏がカッコいい『サーフ天国、スキー天国』のコーラスが、須藤薫さんだったことを知る。これはコーラスというより、ユーミンのアルトのAメロに、須藤さんの別メロのI love you, love you more than……が掛け合いになる。大袈裟にいえばデュエット曲だった。そんなことから、彼女のコーラスが数多いのを知る。そんな中で、すこし恥ずかしい詞だが、『渚のバルコニー』が圧巻だった。

ミニピアノっぽいイントロから始まって、須藤さんとBuzzのシャンランランというバックコーラスが入る。どっちかといえば、『風立ちぬ』より『夏の扉』が好きなボクだから、『渚のバルコニー』のアップテンポな曲調が好きだった。なんといっても、この曲の白眉は、最後の最後のサビ（始まってから3分すこし前くらい）の掛け合いである。須藤さんとBuzzが、「渚のバルコニーで待ってて」とうたうと、松田聖子さんがキャンディボイスで、「きっときっとよ」と続ける。しかも、この聖子さん部分は、ダブルトラックである。そして遠くでかすかに、シュガーボイスの須藤さんのハイトーンの「AH－」というコーラスがエコーがかかって聞こえて来る。

今でも、心底、ハッピーな気分になる。

（2014・1）

あとがき

56歳になったころ、生まれてはじめて、8泊9日の入院をした。その時に、休肝日をすすめられた。けれど、酒を完全にやめることなど、とてもできない。禁煙は簡単にできたが、酒はやめるつもりはなかった。唯一の宵の彩りだ。ただ、30数年間、休肝日なしに飲み続けた人間が、週3日の飲酒にするには、かなりの覚悟が必要だった。

休肝日の過ごし方のブログなどを、たくさん読んだ。結局、満腹にすることと、そしてやることがない場合は、寝るに限るという半ばやけっぱちな対策しかなかった。前者だが、カレーライスとチャーハンを食べると、お腹がいっぱいになるという説があった。夕暮れになる前、かなり早めの夕飯を腹いっぱい食べれば、酒が恋しくなくなるというのが論拠だ。でも、そうすると、夜の9時、10時になると必ず空腹になる。その結果、酒の恋しさがむしろ募る。やっぱり、晩御飯は遅くすべしと説く人もいた。

いったい、どっちが正しいのか当惑した。ただ、カレーライスとチャーハンでお腹をいっぱいにするというのは、かえって健康を損ねそうだ。やめた方が無難だ。ボクなりの結論は、野菜類でお腹をいっぱいにする方法だ。かくて、健康診断では、当時、全て基準値内になった。だが果たして、この方法が栄養学上、正しいかとなると、かなりアヤシイ。

さて、残された大問題が、もう一つ残った。就寝時間だ。早く寝ようと思っても、そう簡単には眠れない。夜の11時前に、手元灯で読書をしたら、かえって目が冴えてしまった。早く時間がたつのは、好きなことをするしかない。

ということで、ボクは映画好きだから、当初は、DVDを毎晩、観た。それでも、なかなか時間は過ぎてくれない。そこで、ブログの真似事を始めた。

この小さな本は、自作ブログを換骨奪胎して、大きく書き直したものだ。

タイトルの「ゆっくりとまったりと」はボクの口癖でもあるが、日々淡々と、まったりとした時間を過ごしたいという願いから、今や座右の銘になった。エッセイなどという高尚なものとは、程遠い雑文ばかりだ。しかも、まとまりというものが、まるでない。それでも、今も細々と続けている。この本のために、記事を古い順にピックアップしていくと、2014年に入ったあたりで、予定の枚数を超え、打ち切っている。

それらをまとめて、こうして本にしていただいた熊日出版の植野健司さん、本当にお世話になりました。ありがとうございます。

野々山貞夫

2022年初夏

〈取り上げた曲〉

『人生の扉』 詞・曲／竹内まりや 編／山下達郎、センチメンタル・シティ・ロマンス

『スロー・ラブ』 詞・曲／竹内まりや 編／山下達郎

『君住む街角』

On The Street Where You Live

詞／Alan Jay Lerner 曲／Frederick Loewe 日本語詞／竹内まりや

『返信』 詞・曲／竹内まりや 編／山下達郎

『みんなひとり』 詞・曲／竹内まりや 編／Yasushi Imamura

『うれしくてさみしい日』 詞・曲／竹内まりや 編／山下達郎

『Long Good-bye』 詞／沢田研二、岸部一徳 曲／森本太郎

『ジョニー・エンジェル』

Johnny Angel

詞・曲／L. pockviss, L. duddy　日本語詞／あらかはひろし
『蒼いフォトグラフ』　詞／松本隆　曲／呉田軽穂　編／松任谷正隆
『恋のパームスプリングス』
Live Young
詞／L. Kusik　曲／P. Evans　日本語詞／芦屋玲
『ブーベの恋人』
La Ragazza Di Bube　詞・曲／C. Rustichelli　日本語詞／漣健児
『ローマの雨』　詞／橋本淳　曲／すぎやまこういち　編／服部克久
『銀河のロマンス』　詞／橋本淳　曲・編／すぎやまこういち
『ブルー・シャトウ』　詞／橋本淳　曲／井上忠夫（後に、大輔）　編／森岡賢一郎
『シーサイド・バウンド』　詞／橋本淳　曲・編／すぎやまこういち
『君だけに愛を』　詞／橋本淳　曲・編／すぎやまこういち
『長い髪の少女』　詞／橋本淳　曲・編／鈴木邦彦
『落ち葉の物語』　詞／橋本淳　曲・編／すぎやまこういち

『北国の青い空』　詞／橋本淳　曲／ベンチャーズ　編／川口真
『亜麻色の髪の乙女』　詞／橋本淳　曲・編／すぎやまこういち
『涙いろの恋』　詞／橋本淳　曲・編／筒美京平
『夢見る想い』
Non ho l'eta
詞／M. Panzeri　曲／Nisa　日本語詞／あらかはひろし
『借りたままのサリンジャー』　詞／秋元康　曲・編／後藤次利
『夜桜お七』　詞／林あまり　曲／三木たかし　編／若草恵
『サーフ天国、スキー天国』　詞・曲／松任谷由美　編／松任谷正隆
『渚のバルコニー』　詞／松本隆　曲／呉田軽穂　編／松任谷正隆

野々山貞夫

1950年、埼玉県生まれ。
早稲田大学卒業後、財閥系IT会社（東京）に勤務。
1993年、熊本で大学教授となり、2021年定年退職。
自称、日本料理研究家。熊本市在住。

ゆっくりとまったりと

2022年6月25日　第1刷発行

著者　野々山貞夫
制作
発売　熊日出版
　　　熊本市中央区世安1-5-1
　　　電話096-361-3274
装丁　前田広告事務所
印刷　株式会社チューイン

定価はカバーに表示してあります。